导读版

世界经典神话与传说

下

林丹羽　廖诗忠 编

中国大百科全书出版社　知识出版社

图书在版编目（CIP）数据

世界经典神话与传说：导读版．下 / 林丹羽，廖诗忠编．-- 北京：知识出版社，2021.5

ISBN 978-7-5215-0377-7

Ⅰ．①世… Ⅱ．①林… ②廖… Ⅲ．①神话－作品集－世界 ②民间故事－作品集－世界 Ⅳ．① I17

中国版本图书馆 CIP 数据核字（2021）第 079135 号

世界经典神话与传说：导读版．下

林丹羽　廖诗忠　编

出 版 人　姜钦云
丛书策划　李默耘
图书统筹　李现刚　王云霞
责任编辑　钱子亮
责任印制　李宝丰
出版发行　知识出版社
地　　址　北京市西城区阜成门北大街 17 号
邮　　编　100037
网　　址　http://www.ecph.com.cn
电　　话　010-88390659
印　　刷　湖南锦泰数字印刷有限公司
开　　本　710 毫米 ×1000 毫米　1/16
字　　数　311 千字
印　　张　24
版　　次　2021 年 5 月第 1 版
印　　次　2023 年 5 月第 9 次印刷
书　　号　ISBN 978-7-5215-0377-7
定　　价　42.00 元（全 2 册）

本书资料卡

神话故事的起源

神话故事多是远古时代生活在各个部落族群里的人们集体创造并流传下来的故事，是远古时代人类开始思考与探索自然并结合自己的想象力所创造的，并非现实生活的科学反映。神话大致分为五类：创世神话、始祖神话、洪水神话、战争神话、发明创造神话。

美洲神话的特点

美洲大陆上不同文明和地区间的神话传说，涉及多个神话主题，如诞生、死亡、来世、创世、毁灭等。北美洲神话，生动讲述印第安人口耳相传的关于万能的神、超凡的精灵和神奇的动物的故事；中美洲神话，涵盖玛雅文明、阿兹特克文明，以及其他中美洲文明多姿多彩的文化信仰和神话传说；南美洲神话，以神话的方式再现崇拜太阳神的印加文明。

作品简介

本书收录了多个流传在美国、加拿大、墨西哥、秘鲁、巴西、哥伦比亚、危地马拉、玻利维亚、阿根廷、巴拿马、古巴等国家和地区的神话故事。这些故事语言都很质朴，但故事情节曲折，充满了想

象力。

作品主题

神话是人类文学艺术的重要源头，也是人类发展科技的驱动力之一。美洲大地上不同文明造就了不同的神话，大到对世界起源、对人类历史的探索，小到每个人对生命的追问。读懂这些神话，就可以了解到美洲各地的历史与风俗，拓宽知识纬度，接受文化熏陶，从而具备很好的人文视野，让你的思想有着与众不同的厚度。

美洲神话中的神

郊狼：在美国神话故事里，郊狼是美洲土著的守护神。郊狼和鹰合作创造了世界。郊狼创造了山，但不够高，鹰又堆起了山脊。鹰从其上飞过，羽毛掉落在地上，生了根，长出丛丛树木，细小的纤毛变成了灌木和其他一些植物。郊狼又与狐狸一起造了人。之后，郊狼又去西方取来了火种。

塞德娜：在加拿大神话故事里，塞德娜是海神，统治着海里的所有动物。她喜怒无常，喜欢报复。

金星：在玻利维亚神话里，金星化身一男子来到人间，他教会了加勒比族的印第安人种植玉米和木薯。

奇米恰瓜：在哥伦比亚神话故事里，天神奇米恰瓜创造了世界，还创造了日和月。

目录

墨西哥神话故事

秘鲁神话故事

巴西神话故事

哥伦比亚神话故事

危地马拉神话故事

玻利维亚神话故事

阿根廷神话故事

巴拿马神话故事

古巴神话故事

美国神话故事

郊狼神力

文前小问号

天亮以前，谁先到达大神那里，就可以得到自己喜欢的名字。凯欧蒂彻夜未眠，迫切想要得到“鹰”或者“熊”的名字，但还是去晚了。这到底是怎么一回事？

宇宙开辟之初，众神之王把百兽召来，说：“你们当中还有没有名字的，明天太阳升起以前，我给你们大家取名字。我还要送给你们每只兽一支箭。天亮以前，你们到我的屋里来。头一个来的，可以随意挑一个自己喜欢的名字，我会给他一支最长的箭。得到这支箭的就会最有力量！”

点评

百兽中谁能成为“可以随意挑一个自己喜欢的名字”，并得到“一支最长的箭”的胜利者呢？

百兽散会后，凯欧蒂对朋友狐狸说：“我要得第一，我喜欢叫熊或者鹰。”

“谁也不稀罕你的名字！”狐狸嘲笑道，“你还是给自个儿留着吧！”

“我一夜都不睡，准能得第一！”凯欧蒂说。

语言描写

从这句话中可以体会到凯欧蒂非常想得第一，赢得“熊”或者“鹰”的名字。

他一宿没有合眼，坐在火堆旁边。枭叫，蛙鸣，凯欧蒂全都听到了。可是，等到星星闭上眼睛的时候，他实在支持不住了，梦神找到了他。此时，他的眼睑就像灌了铅一般沉重。

“我要做一个撑住眼皮的架子。”他说。

于是，他拿来两根小棍，做了一个撑眼皮的支架，“现在，我不会睡着了。”他这样想。

可是，他还是睡着了。一觉醒来，太阳在地面上拖了个长长的影子。由于彻夜未眠，凯欧蒂双眼干涩，啥也看不见。但是，他还是不顾一切地向大神的住处跑去。

点评

尽管想尽了办法，凯欧蒂还是睡着了。他还能成为第一，获得喜欢的名字吗?

“我要当熊！”他以为自己得了第一，大声喊叫着。

屋里除了大神外，什么兽都没有。

“这个名字已经被领去了。熊得到了一支最长的矛。他是兽中之王。”

“那我就叫鹰吧！”

“这个名字也被领去了。鹰得到了第二支箭，他现在是鸟中之王了。”

读书笔记

“那我就要鲑吧！”

“这个名字也有主了。鲑得到了第三支箭，他现在是鱼中之王了。现在就剩下最短的一支箭和一个名字——郊狼。”

大神把最短的一支箭给了凯欧蒂。凯欧蒂跌倒在大神面前。他的双眼仍然干涩，大神可怜他，特意用水帮他湿润了双眼。

这时候，凯欧蒂又闪出一个念头，去求灰熊换个名字。

“不行！”灰熊回答说，“我才不换！这是大神亲自给我的！”

凯欧蒂只能再次回到大神跟前。大神对他说：‘我会赐予你一种神力。不要难过，是我故意让你最后一个到我这里来。我现在要你去办一件事。办这事要有一种神力。有了神力，你想变什么就能变成什么。你如果需要帮助，就使用你的神力。狐狸是你的兄弟，必要时，他也会帮助你。如果你死了，他会使你复活，你到湖里去，擒住四个水怪。神力现在就在那里。然后，你要按我吩咐去做。快去吧。”

凯欧蒂按照大神的指示做完了所有的事，从此，他有了一种非凡的神力。

动作描写

从凯欧蒂“跌倒”这一动作描写中，可以看出凯欧蒂心愿落空时的伤心难过。

语言描写

原来，大神是故意让凯欧蒂最后一个到来的，这是因为大神有特别的安排。

我的笔记

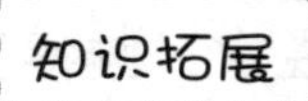

郊狼，是犬科犬属的一种，与灰狼是近亲。郊狼是美洲分布最广泛的一种犬科动物，适应能力极强，在森林、沼泽、草原，甚至牧场和种植园里都能看到它们的身影。

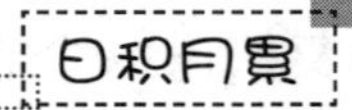

彻夜未眠　不顾一切

1. 凯欧蒂获得喜欢的名字了吗？

2. 凯欧蒂获得的神力能做什么？

郊狼盗火

文前小问号

混沌初开的时候，人类没有火，饥寒交迫，生活十分悲苦。人类央求凯欧蒂帮忙盗取火种，不然他们就要冻死了。善良的凯欧蒂和众兽团结合作，打算盗取火种。最后，他们成功了吗?

混沌初开的时候，人类没有火。世界上只有高山顶峰的一个地方有火，火种被一群名叫斯库库玛的恶灵守护着。她们是有着人类外貌的老太婆，不肯把火种交给人类。她们害怕人类的日子好过了，就会变得像恶灵一样强大无敌。

因此，人类只好过着茹毛饮血、忍饥受寒的生活。郊狼凯欧蒂来到人类居住的地方，看到他们饥寒交迫，

字词释义

茹毛饮血：连毛带血地生吃禽兽，用来描绘原始人不会用火，连毛带血地生吃禽兽的生活。现形容事物或人处于野蛮状态。

生活十分悲苦。

“凯欧蒂，”他们央求着他，“把山上的火种带给我们吧，否则我们要冻死了！”

“好吧，我去想想办法！”凯欧蒂答应帮忙。

太阳升起的时候，他走了很远的路才来到积雪的山巅。他看见有三个满脸皱纹的老太婆日夜轮换看守着火种。一人当班，其余两个待在离火种不远的山棚里。换班的时候，看火的老太婆走到小棚跟前，说：“姐姐，姐姐，起来吧，看火去！”

点评

恶灵们害怕人类的日子好过了，就会变得像她们一样强大。因此，她们分工明确，日夜看守着火种。

此时天快亮了，气温特别低。该换班的老太婆磨蹭着不愿走出小棚。凯欧蒂想，要偷火种，这个时候最合适。当然，他知道，老太婆准会追过来的。她们虽说老了，可跑起来还是相当快的。怎样才能逃掉呢？

尽管凯欧蒂聪明过人，他还是想不出对付的办法。于是，他决定去请教藏在他肚子里的浆果守护神三姐妹。她们最聪明了，一定会告诉他对付的办法。

点评

神话故事的一大特点，就是充满了奇特的想象。在神话故事里，一切都可能发生。

起初，三姐妹不想帮他。

“我们给你出了主意，”她们说，“你随后会说，我自个儿全都知道了！”

好，你们不帮我！凯欧蒂知道，三姐妹最怕的是冰雹了。于是，他仰头望天，高呼：“冰雹！冰雹！从天而降！”

三姐妹慌了，连忙说："别！别！别叫冰雹！别叫冰雹！我们告诉你办法好了！"

于是，浆果三姐妹告诉他，该怎样从老太婆手中偷火种，然后把火种从山上带给人类。姐妹们说完，凯欧蒂说："是的，姐姐们，我也是这么想的。一开头我就打算这么办了！"

凯欧蒂从山上下来，把周围的兽叫来，把三姐妹的主意一五一十地对他们讲了。他把每一只兽——美洲豹啦，狐狸啦，松鼠啦，等等，都安置在山坡各自的位置上。于是，从斯库库玛存放火种的地方，一直到人类的住地，各就各位排了一列长长的队伍。

凯欧蒂又爬到山上，等待黎明到来。看火的老太婆看见他了，还以为他是附近的一只小兽呢！

黎明的时候，凯欧蒂看见值班的老太婆从篝火旁边走开，听见她喊："姐姐，姐姐，该起来看火了！"

然后，她走进了小棚子。这时候，凯欧蒂飞快地走近篝火，抓起一块燃烧着的木头，向积雪的山坡下面跑去。三个老太婆闻声，立即追了上来。她们一边跑，一边施展妖法用冰雪块挡住他的去路。越过层层冰障，他很快就听到老太婆追上来了，她们那灼热的气息渐渐逼近他的身体，只听"嗖"的一声，一个老太婆用爪子抓住他的尾巴尖，凯欧蒂的尾巴尖顿时变黑了。因此，从

读书笔记

点评

凯欧蒂和众兽团结合作，将他们安置在山坡各自的位置上，随时准备接力取火。这为后来的盗火成功做了铺垫。

动作描写

从"飞快地走近""抓起""跑去"这一连串动作中，既可以看出凯欧蒂动作敏捷，也可以看出时间很紧迫。

这时起，郊狼凯欧蒂的尾巴尖是黑的。

凯欧蒂惨叫一声，被那灼热的气息烤得喘不过气来，一跑到树林旁边就倒在地上了。这时候，躲在一棵小云杉树后面的美洲豹，马上从暗处奔了过来。他抓起火种，穿过矮树丛和岩峰峭壁，向山下跑去，来到几棵大树跟前，他迅速把火种交给了狐狸。狐狸带上火种，一直跑到浓密的灌木丛前。

点评

松鼠之所以背上有黑斑、尾巴向上翻卷，是因为在帮助人类盗火的过程中被烧伤了。

这时候，松鼠抓起这燃烧着的木头，在树林中飞奔而去。火烧得很旺，松鼠的背脊上留下了一些黑点，尾巴也被烫弯了。直到如今，松鼠背上还有黑斑，尾巴也是向上翻卷的。

这些恶灵斯库库玛此时还在追火种，她们想在林子边上把松鼠逮住。

场面描写

众兽配合得十分默契。

不过，羚羊已经在最后一棵树下等着松鼠了。羚羊是兽类中的飞毛腿，她接过火种，越过草地飞奔向前。火种就这样在兽类中辗转相传。最后，只剩下一丁点火炭的火种落到了正蹲在一旁的小青蛙手中。小青蛙把这丁点火炭吞下肚去，使出它的浑身本领，蹦跳着飞速逃走。

斯库库玛中年龄最小的老太婆，尽管已经精疲力竭了，还是奋不顾身地把青蛙抓住。她死死抓住青蛙的尾巴不放手。不过，青蛙并没有惊慌失措，它使出全身力

气，往前一蹦。这样一来，尾巴留在斯库库玛的爪子中。自此以后，青蛙再也没有尾巴了。

青蛙还是不敢停步，它钻进了一条深深的河里，又从另一条河中探出头来。不过，老太婆也追过来了。她已经第二次追上青蛙了。青蛙实在太累，跳不起来了。为了救这火种，他张开嘴，把火种喷吐到大树身上。大树立刻把火种吞进肚子里。

这时候，另外两个老太婆也赶来了。她们站在大树跟前一筹莫展，不知道该怎样才能从大树身上把火掏出来。最后，她们只好灰溜溜地回到山上去了。

这时候，凯欧蒂来到大树跟前，所有动物也走过来了。凯欧蒂真不愧是个智者。他知道该怎样从大树身上取火。他给大伙示范，拿两条干木棍互相摩擦，直至迸出火花。火花可以把干的木片和干松叶点燃。然后，他还教会人类用干木片和干松叶点燃起熊熊燃烧的篝火。

从此，人类知道怎样取火了。

点评

面对众兽的智慧、勇气和无比默契的配合，恶灵们无计可施。

点评

这里介绍了摩擦取火的方式。

我的笔记

名师点评

这则神话故事讲述了郊狼盗取火种的全过程，展现了一幅动物之间团结合作，共同帮助人类解决困难的动人画卷，充满了奇特的想象。

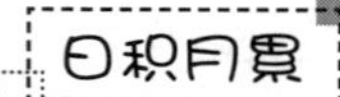

混沌初开　饥寒交迫　满脸皱纹　聪明过人

从天而降　精疲力竭　奋不顾身　惊慌失措

1. 动物们是如何相互配合，成功盗取火种的？

2. 人类有了火之后，生活会发生哪些改变？

郊狼变牛

?文前小问号

凯欧蒂由于饥饿，想变成一头野牛，长得膘肥体壮、油光光的。通过和野牛约法三章，他果真实现了自己的愿望，但很快又原形毕露了。这到底是怎么回事呢?

有一天，郊狼凯欧蒂像往常一样，饥肠辘辘，沿着河岸向上游走去。不一会儿，他遇见了一头大野牛，便对它说："朋友，我快饿死了。您能不能把我变成一头野牛？能的话，我也可以像您一样长得膘肥体壮、油光光的。"

野牛把凯欧蒂的话当作耳旁风，它只顾吃自己的草，一句话也不愿说。欧蒂凯还是耐着性子，三番五次地乞

语言描写

从这里可以看出，由于饥饿，凯欧蒂非常想变成野牛，从而像其他野牛一样肥肥壮壮的。

字词释义

耳旁风：耳边吹过的风，比喻听到后不放在心上的话。

求野牛，说：“我多么希望成为一头野牛啊！能这样生活，我也会胖起来的。”

后来，野牛恼火了，它大声地对凯欧蒂说：“凯欧蒂，你干事莽撞粗鲁，而且又顽固不化，你哪里会按照我的吩咐去做？你真是个讨厌的怪物！”

语言描写 从凯欧蒂既急切又示好的口吻，可以看出他想变成野牛的心愿是多么迫切。

凯欧蒂回答说：“不，我的朋友。我决定一切按您的指示去办。您看您长得多么健壮，这儿又有这么多的青草，您的生活真够好的。然而，您看我呢，此刻我饿得肚子咕噜咕噜直叫。您让我做什么我就做什么。”

野牛对他说：“既然是这样，好吧，你到那边草地上躺下！”

凯欧蒂按照野牛的话去做了。野牛又说：“现在，我向你冲来的时候，你可不要逃跑，连动一下也不行。然后，我将用我头顶的角把你抛到天上去。”

动作描写 生动形象地写出了此时野牛怒不可遏的样子，也为凯欧蒂接下来的表现埋下了伏笔。

“好的，我的朋友，我干吗要跑呢？”凯欧蒂边答应，边躺了下去。野牛走到远处，它开始激怒自己，一会儿工夫，它就变得怒不可遏了。它用蹄子在地面刨了一个大洞，把土掀起老高。然后，它怒吼一声，鼻孔喷出团团乳状气体。只见那野牛腾空而起，向凯欧蒂扑了过去。

当时，凯欧蒂一直在注视着野牛的举止。他发现，野牛此时变得十分可怕。所以一见到野牛向他扑来，他便机灵地闪到了一边。

“我早讲了，你要逃跑的，这下证实了吧！”野牛气愤地对凯欧蒂说。

这时，凯欧蒂哀求说：“让我再试一次吧，就只一次，我发誓下一次不动了。”

可是，不管凯欧蒂再怎样请求，野牛连理也不理，默默地走开了。凯欧蒂跟在后面，眼中含着泪水，恳求野牛说：“再让我试一次吧，仅只一次。我保证再也不跑了。”

最后，野牛非常恼火地说：“好，我再给你最后一次机会。如果你这次动了，休想再找我，我也再不会理你了。你是最使我讨厌的怪物！这将是最后的一次合作！”

凯欧蒂到了指定的地点躺下。野牛像刚才那样走到一边，马上就变得怒气冲天，然后向凯欧蒂冲了过去。

这一次，凯欧蒂像一块铁板一样，一动也不动地躺在那里。然后，公牛用角把他掀向高空。凯欧蒂从空中落了下来，突然间，他变成了一头小野牛。离开野牛后，他高高兴兴地吃起草来，把各种各样的鲜花嫩草不断地往肚子里吞。最后，凯欧蒂告别了正在悠闲吃草的公牛。

这时，又来了一匹陌生的郊狼（凯欧蒂的同类）。它发现了原先也是郊狼的凯欧蒂已变成了一头野牛，就说：“啊！我的朋友。您是怎么变成野牛的？我都快饿死了，请您行行好，把我也变成一头野牛吧！”

读书笔记

比喻

这里把凯欧蒂比作“铁板”，生动形象地写出了他的决心。

知识链接

“高高兴兴”是 AABB 式的词语，这样的词语还有：开开心心、安安静静等。

野牛凯欧蒂只是愤怒地朝它望了一眼，然后走开吃草去了。他把郊狼说的话简直当作耳边风。这匹郊狼再次恳求说："朋友，您看我都饿得皮包骨头了，而您却长得那么膘肥体壮，请您把我也变成一头野牛吧。"

野牛凯欧蒂对它说："你真讨厌！你绝不会按照我的话去做的！"

语言描写

野牛对凯欧蒂这样质疑过，而凯欧蒂此时对他曾经的同类也产生了同样的质疑。

"不。我的朋友，我保证按照您所说的去做。您就让我试一试吧！"

"你是个讨厌的怪物。"野牛凯欧蒂边骂边答应道，"躺到那边去！我将向你冲来，然后用我的角把你掀向高空。你绝对不能动。如果动了，休想再来找我。"

郊狼听话地躺在地上，野牛凯欧蒂已经变得怒气冲天了。他狂吼一声，用前蹄在地上掀起一堆堆土块。他仿照真野牛所做的一切，自己也做了一通后，突然向郊狼冲了过去，"哞"的一声，便用角把郊狼掀到了空中。郊狼在空中打了好几个转转，便从天上掉了下来；砰的一声，它落在了地上，但仍然是匹郊狼。

字词释义

原形毕露：本来面目完全暴露，指伪装被彻底揭开。

就在同时，野牛凯欧蒂也原形毕露了。他们两个突然站在一起，都是凯欧蒂（郊狼）。两个凯欧蒂互相指责谩骂起来。"就是你，就是你又使我变成了郊狼。原先我是一头野牛，生活得非常幸福。就是你使我变成了一匹郊狼！"

"哈哈！这个鹦鹉学舌的家伙。你以为别人把你变

字词释义

鹦鹉学舌：原指鹦鹉学人说话，后用来比喻人家怎么说，他也跟着怎么说。含贬义。

成了野牛，你仿照别人的方法就可以把我也变成野牛吗？哈哈！”

凯欧蒂与那匹郊狼互相追赶起来。不一会儿，凯欧蒂就忘记了刚才发生的一切。“我好蠢！我怎么能变成一头野牛呢！”

他转头径直朝山谷走去，在林间小路上，他把刚才发生的一切都忘到九霄云外了。

字词释义

九霄云外：在九重天的外面。比喻非常遥远的地方或远得无影无踪。

我的笔记

名师点评

这个故事运用了反复的写作手法，反复提到了郊狼想变成野牛的愿望，以及野牛对郊狼的质疑。正是在这种矛盾的推动中，故事一波三折，乐趣无穷。

日积月累

饥肠辘辘　膘肥体壮　三番五次　顽固不化
怒不可遏　怒气冲天　高高兴兴　各种各样
原形毕露　鹦鹉学舌　九霄云外

延伸思考

1. 第一匹郊狼是怎么变成野牛的？
2. 第二匹郊狼没有变成野牛的原因是什么？

加拿大神话故事

征服风神

文前小问号

很久很久以前，有一个捕鱼人的部落，一到夏天，他们就走很远的路，从南方迁到北方来。在这里，他们可以捕捉到许许多多好吃的鱼。但是，一到冬天，寒冷之神——风神就会把他们赶到南方去。后来，这种现状被辛几比斯打破了，他用快乐和勇敢把凶恶的风神征服了。这中间发生了什么精彩的故事呢?

在很久很久以前，有一个捕鱼人的部落，一到夏天，他们就走很远的路，从南方迁到北方来。在这里，他们可以捕捉到许许多多好吃的鱼。但是，一到冬天，他们就得回到比较温暖的南方去。因为北方有一个统治者，名叫卡比保努加，也叫“北方”。这个凶恶的寒冷之神——风神会把他们赶走的。

点评

开篇就提到了捕鱼人的部落和风神卡比保努加之间的矛盾，为后文的故事发展做了铺垫。

环境描写

从“薄冰”和“雪”可以看出凶恶的风神快要来了。这意味着渔民们又不得不往南方去了。

有一天早晨，渔民们起来，看见他们撒网的湖面上，已经蒙上了一层薄冰。不久，又下起雪来，冰也越来越厚。渔民们已经能够听到卡比保努加从远处走来的脚步声了。

“卡比保努加要来了！”渔民们喊起来，“卡比保努加要来了！是我们该走的时候了！”

但是，一个叫作辛几比斯的年轻渔民，只笑了一笑，对同伴们说：“我干吗要走呢？我可以在冰上打一个窟窿，用钓丝来钓鱼吃。我才不管卡比保努加来不来呢！”

语言描写

通过渔民们满怀担忧的一番话，我们可以感受到风神的凶恶。

渔民们惊奇地看着他。他们知道辛几比斯是个聪明的小伙子，但是聪明又怎能帮助他来对付可怕的卡比保努加呢？他们担心地说：“辛几比斯，卡比保努加比你强壮多了，连树林里最大的树也得在他面前低头，流得最快的河碰到他也会冻结。除非你能变成一头熊或是一条鱼，要不然，他会把你冻死的。”

语言描写

面对凶恶的风神，辛几比斯从容不迫地说出了抵抗寒风的几个办法，突出了他的机智勇敢。

辛几比斯只是笑了笑，说：“白天我可以穿上皮袄，戴上皮手套，晚上我可以在小屋里烧起很旺的火，这都能够保护我。卡比保努加要是有胆量的话，就请他到我的小屋里来吧！”

别的渔民坚决要离开这里，他们走的时候，心里都很难过。他们都喜爱辛几比斯，这回一分开，说不定以后不会再看见他了。

渔民们刚走，辛几比斯立刻动手准备迎战可怕的卡比保努加。他准备了许多大圆木头，收集起许多干树皮和枯枝。每天晚上，他都在屋里燃起熊熊火堆。早晨，他到湖边，在结冰的湖面上打个窟窿钓鱼，一直钓到夜晚，拉着一大串的鱼从雪中的小路走回家去。

动作描写　这里通过辛几比斯的一系列准备工作，可以看出他的从容不迫，以及对战胜风神的自信。

风神卡比保努加一看他的样子，气得暴跳如雷。

“呜，呜！”风神咆哮怒吼道，“大雁和野鸭早都飞到南方去了，谁还敢留在这里？到底谁才是这个冰天雪地的世界的主人？今晚我就要到他的小屋去，把他的火堆给扑灭！呜！呜！”

夜晚到来了，辛几比斯坐在小屋里的火堆旁边。多旺的一堆火啊！每一根大木头都够烧一个月的！辛几比斯正在煮鱼，这是他白天刚钓到的一条大鱼。鱼的气味鲜美极了，他高兴地搓着双手。在这温暖的小屋里坐在火堆旁边，真是怪舒坦的。

这时，他想到了那些回到南方去的伙伴，心里想，他们认为卡比保努加是一个凶神，认为他比任何一个印第安人都厉害。的确，我比他怕冷。可是，他一定比我更怕热啊。”

对比　人们怕冷，但是风神怕热，每个人都有自己的优缺点。这番分析突出了辛几比斯的机智。

这个想法使他高兴得又笑又唱起来。

吃着晚饭，北风在他小屋周围的树林里呼啸，他简直什么都听不见。雪下得又密又急，北风把地面的雪

比喻
把雪比作一层厚毛毯，可见雪下得很大。

心理描写
写出了辛几比斯的乐观心态。

读书笔记

卷起来，对着小屋抛过去。但是，雪片没能够冲进屋里，只是把小屋裹了起来，像一层厚毛毯似的，保护着小屋。

卡比保努加气坏了。他站在小屋门口咆哮着，声音大得吓人。但是，辛几比斯一点也不怕。他倒觉得在这一片空阔安静的大地上，有些声音来打破寂寞，也很不错。

他大笑着回答说：“哈！哈！你好吗？卡比保努加！你要是不小心的话，可是会把腮帮子胀破的哟。”

小屋被大风吹得摇晃起来，门口悬挂的皮帘子也在呱嗒呱嗒响。

“进来吧，卡比保努加，”辛几比斯高兴地叫着，“别害怕，进来烤烤火吧！”

卡比保努加听到这些嘲笑的话，就鼓起勇气，把皮帘子掀开一条缝，溜了进来。啊，他吐出来的气可真冷啊！这冷气使得小屋里仿佛充满了云雾。

辛几比斯装作没有理会。他站起来，嘴里唱着歌，又往火里添了一根木头。这根粗大的松树枝燃烧着，释放出很大的热力，热得辛几比斯只好往后坐远了一些。他一看卡比保努加的样子，得意地笑了起来。凶猛的风神卡比保努加额上热汗直流，头发上的雪片和冰块都不见了。他似乎正在融化下去，鼻子和眼睛越来越小了，

连身体也越来越小了。

辛几比斯招呼他说："到火堆边上来吧，再靠近一点，烤烤你的手和脚。"

但是，风神卡比保努加不敢到火堆边上来。他跳起来，用比进来时更快的速度，逃到门外去了。

冷空气给他增加了些力量，他的满腔怒气又发作了。他冻不死辛几比斯，只能把怒气发泄在他周围的一切东西上。他把脚下的雪都踩硬了，他把冷气喷出来。树林颤抖着，所有的野兽都吓得躲了起来。

卡比保努加又跑到辛几比斯的小屋前面，怒喊道："出来！你有胆量就给我出来！咱们在这雪地上摔跤，看看究竟谁是这冰天雪地的世界的主人！"

辛几比斯想："刚才的火一定把他烤得软弱一些了。我的身上却是热的。我相信我能和他搏斗。让他看到我的确比他厉害，他就不敢同我捣乱了。那么，我在这地方爱待多久就能待多久了。"他从小屋里跑了出来。

一场猛烈的搏斗开始了。他们俩在坚硬的雪地上翻滚着打斗，爬起来又倒下去。

他们俩搏斗了一整夜。辛几比斯并不感到寒冷，因为他时刻不停地活动，他的血液流得更快了。他感觉到卡比保努加越来越没劲了。他冰冷的呼吸不再像一阵狂风，而仅仅像一声叹息了。

语言描写

表面上看是在邀请风神烤火，实则是对风神权威的挑衅。突出了辛几比斯的勇敢无畏。

点评

通过"翻滚着打斗"、"爬起来又倒下去"和"搏斗了一整夜"，可以看出他们的搏斗很激烈。

太阳从东方升起的时候，卡比保努加终于被征服了。他怒吼了一声，起身就跑，跑到世界的顶点——那很远很远的北方去了。辛几比斯站在小屋旁边，大声欢笑着，因为他知道，快乐和勇敢是能把凶猛的风神征服的。

点评

篇末点题。快乐和勇敢可以征服恶劣的自然环境（凶恶的风神）。

我的笔记

名师点评

这则神话故事讲述了辛几比斯与风神搏斗，最终战胜风神的过程，赞美了辛几比斯机智乐观，敢于同恶劣的自然环境斗争的美好品质。人物形象鲜明，故事情节精彩，传递了积极向上的价值观。

日积月累

暴跳如雷　咆哮怒吼　冰天雪地

延伸思考

1. 你喜欢辛几比斯这个人物形象吗？为什么？
2. 你觉得凶恶的风神还会回来吗？

妖魔之死

文前小问号

女猎手在一次外出打猎时遇到怪兽的袭击，晕了过去。等她醒来，发现来到一个陌生的岸边，并遇到了一系列惊险的事。她是如何应对的呢？故事的结局出人意料，快来读一读吧！

好久以前，悌克约克村住着一对夫妇。他们有一个女儿，是一个名副其实的女猎手。她的力气和耐力均属罕见。她乘坐皮舟打猎时，飞也似的把皮舟划得远远的，其他猎人都落在她的后面。她时常是一直等到其他猎人划到从她的视线里消失以后，她才动身。然后，她飞快地划着，在很短的时间内就能赶上他们。

点评 通过对女猎手划皮舟的具体描写，生动地展现出她的力气大，耐力强。

她用的是一条长长的、有两个座位的皮舟，她的父

亲高兴地掌着舵，她划着皮舟或者投掷鱼叉。一天，父女俩坐着皮舟离开家。他们打了一阵猎以后，决定回家去。在回家的路上，一只怪兽突然从海里出现，向他们游过来，愤怒地嗥叫着。那只怪兽靠近皮舟时，女孩将鱼叉投了过去。可是，一刹那她晕倒了。当她恢复了知觉，睁开眼睛时，她发现自己躺在一个陌生的岸边。她向四周张望着，不知往哪儿走。最后，她沿着海岸线向西方出发了。一路上，她好几次停了下来，想寻找村落。但是，什么也没有找到，甚至连一个人的踪影也没有。

点评

突出了环境的恶劣，危机四伏。

她走了好久，忽然看到地上有一些切削的木片。她跟踪木片继续往前走，又不断地发现了另一些木片。这些木片越看越像是新切削的。她知道她很快地会遇到人了。

果然，她往前走了不远，就见到一只皮舟搁在岸边。她往皮舟里瞥了一眼，听见有人说道："我的皮舟诱捕了一个人，如果是个男人，我将杀了他；如果是个女人，就让她活着。"

语言描写

通过皮舟主人的这番话，可以看出他并不是一个好人。为接下来的故事发展做了铺垫。

女孩刚一听到这些话，皮舟的主人就跑到她身边来了。他用胳膊拉着她，把她领到他的茅屋，娶了她做妻子。

这男人经常出去打猎，早晨起得很早，乘着他的皮舟长时间地在外旅行。他是一个法师，能使这奇异的皮

舟在陆地上行走，就像在水中行走一样。他出去打猎时，他的妻子被留在茅屋里，从事各种各样的家务劳动。

每次她都这样被留下，但有一个可怜的小男孩经常来看望她。她却从来没有见他靠近过，也不能确定他从哪里来。一会儿他不在了，一会儿他却又站在她的身旁。年轻女人注意到他在，同时她也做完了自己的事时，便总是拿一小块肉给这小男孩。这男孩拿着肉，然后悄悄地又不见了。

点评

从女猎手给男孩吃的这件事，可以看出她是一个善良的女人。

一天，女猎手一直看着他离开。接着，发现了他的家。这可怜的小男孩住在他祖母的茅屋里。这茅屋实际上离她很近，但是它很隐蔽，那年轻的女人一直没有注意到。

一天早晨，当她做完事情以后，她又给了这小男孩一些吃的。小男孩说道：“奶奶要你去。”

女猎手立即跟着他来到老妇人的茅屋。她一见到老妇人，老妇人便说道：“你给了我的孙子一些吃的，他很快乐，很感激你，这就是为什么我现在要告诉你，你将面临一个巨大的危险。作为你的丈夫的这个男人，他现在对你感到厌倦了，他很快会把你杀掉的。他有过许多妻子，当他对她们厌倦了，就把她们一个一个地都杀了。他这次打猎旅行回来后，就该轮到你了。他的储藏室里堆满了被他杀死的妻子的肉。”

语言描写

从老妇人的这番话里可以感受到危险即将到来，女猎手的丈夫可能会将女猎手杀掉。

“你独自一人不可能从他手中逃脱。他过去的那些女人从来不重视我的孙子，从来不给他任何东西吃。这就是为什么我从来没有为她们做过任何事情。但是，我想要帮助你。明天你再到我这里来。对我来说，把你从这一危险中拯救出来，不是一件很容易的事，但我要试试看。现在，在你丈夫回来之前赶快回去！”

点评

从“发火”“不瞥她一眼”“厌恶”这些词中，可以看出女猎手的丈夫变了。老妇人说的话应验了。

女猎手回到家里。她的丈夫打猎回来后，她发觉他变了，很容易发火；甚至不瞥她一眼，好像十分厌恶她似的。种种迹象进一步证实了那老妇人所说的话。第二天早晨，她的丈夫出去了，她把家务事一做完，便来到老妇人的茅屋。

老妇人立刻对她说：“他在傍晚回来，就要杀死你。我没有更多办法可以把你从这一危险中拯救出来，我所有的办法只是一只小提桶。”

老妇人继续说：“那是你丈夫，他正在往回走，准备回到他的茅屋去杀死你。当他到了茅屋，你先留在这儿，拿着这只海豹皮做的提桶，这桶的底上有种特殊的东西。”

语言描写

老妇人用简洁明晰的语句，“像一个女巫似的”模仿着女猎手的丈夫眼下所做的一切。

老妇人像一个女巫似的，她声称现在她就在那男人身边，正模仿着他所做的一切。“他在茅屋门口。他进去了，他在寻找你。他想，你不见了。他往外走，他围着茅屋寻找你。他上了他的魔皮舟，来到这里了。你拿着

这只提桶！”

说到这儿，老奶奶将魔桶给了女猎手，说道：“看着外面，发现皮舟头出现时，把这桶扔过去。他来了！一会儿就会在门口出现，那就是他！”

奇妙的魔皮舟的主人刚一到门口，年轻的女人就把桶往上面一扔。可是，她马上便失去了知觉，再也不知道她周围发生了什么事。

她苏醒过来后，发现自己又一次在一个陌生的岸边躺着。她不知道要往何处去。后来，她开始沿着海边走去，不时地停下来休息。最后，她来到一座茅屋前，便走了进去。

点评

女猎手从昏迷中苏醒后，又一次来到了一个陌生的岸边。既与前文相呼应，又增添了故事的感染力。

屋内仅有一个女人。那女人没有给她任何吃的，反而说：“我不给你东西吃，是因为怕我哥哥说我。”

来自悌克约克村的女猎手当时没有走，但停留的时间不长。她准备走的时候，这茅屋里的女人向她提出了这样的忠告：“你离开的时候，别往后看。如果你想要往后看，那么，只能等你走了一段距离之后，你才能回头。”

语言描写

这里设置悬念，吸引我们继续读下去。

女猎手听取了她的忠告。在走了一些时间之后，她才往后看。她看见一只她以前从来没有见过的大野兽躺在茅屋旁的地上。

她继续往前走，看到远处另有一座茅屋。到了那儿以后，她发现有几个人住在那儿。他们给她吃的，安顿她睡觉。第二天早晨，她在那儿又吃过了一顿饭。这时，其中一个男人问她："你打算和我们在一起生活吗？"

"不，"她回答说，"我打算走。"

"既然这样，你往哪儿走？"

"往西边的那条路走。"

语言描写

男人的话预示了女猎手即将遭遇的危机。又一次设置了悬念。

然后，那男人告诉她："你要去的那个地方，有杀人的妖魔，他们离这儿不很远。你是一个女人，会被杀掉的。最近，我们的孩子就被他们杀害了。你没有武器保卫你自己，给你这个，拿着吧，它能使你从他们手中逃脱。"

那男人从他的腰带里抽出一把刀。刀柄非常短，只能勉强握住。可是，由于它小，很容易被隐藏在口袋或腰带里。那男人对她说："这是一件能把你从危险中拯救出来的武器。"

点评

女猎手"不可抗拒地被拽向尖利的铜刀片"的反应，突出了刀的威力。

接着，他教给年轻的女人如何使用它。他用唾沫把刀片弄湿，把刀柄插进他身边的墙里。现在，女猎手发现自己不可抗拒地被拽向尖利的铜刀片。尽管她尽了最大的努力，却也不能制止它。那男人显示了这刀的力量之后，便把它取下来给了她，说道："拿着它，随身带上吧！"

女猎手带着刀离开了那儿，继续往前走，一直走到

了那些妖魔的茅屋旁。她遇见妖魔中的一个仆人。这仆人拉着她的胳膊，领她到他主人的茅屋里。

妖魔见到女猎手，说道：“一个女人！这是一个活不了多久的女人。”

一阵短暂的沉默之后，女猎手回答说：“是的，我就是个女人。我是活不了多久了。”

妖魔又说道：“这是一个油嘴滑舌的女人。她没有多久可活了。”

女猎手又一次回答说：“是的，我是油嘴滑舌，我是没有多久可活了。”

一刹那，妖魔向女猎手猛扑了过来。女猎手大声嚷道：“瞧，我就是个女人，我没有多久可活了。”接着，她从腰带里抽出刀来，用唾沫弄湿了刀片，那刀柄牢牢地插入茅屋旁的雪地里。这刀的魔力将那妖魔拽向刀片，他急得直跺脚，企图抵抗，但是白费劲。他愈来愈快地被拽向刀片，不由自主地撞到刀片上了。

妖魔之死的消息传开之后，村民们都来感谢年轻的女人为他们除了一害。女猎手想到这个地区可能还有更多杀人的妖魔，她问道：“现在我应该到哪儿找更多的像他这样的妖魔呢？”

“这儿没有了，”人们回答说，“我们现在高兴极了，因为过去我们一直是很害怕的。但是，在悌克约克村那

读书笔记

点评

通过描写妖魔之死，展现了刀的强大魔力，印证了前文男人所说的话。

语言描写

女猎手消灭杀人的妖魔后，还想帮助村民把这个地区其他的妖魔也一并消灭掉，可以看出她的善良和勇敢。

心理描写

女猎手就是在悌克约克村长大的，以前从来没有受到过妖魔的祸害。这里设置了悬念，为下文的故事做了铺垫。

语言描写

这里揭开了悬念：原来女猎手的家人是吃了当初那只怪兽的肉，才变成妖魔的。而现在，女猎手的回归使他们由妖魔又变回人。

边有一个妖魔，他杀了一些旅行的人。我们是从去那儿弄海豹油的人们那儿听到的。”

这一信息使得女猎手回想起过去。她奇怪怎么在过去悌克约克村从来没有受到过妖魔的祸害。“村民们所说的很有可能是真的。我记得过去陆地上的人们经常来到我们的悌克约克村弄海豹油。”想到这些，她又继续开始了她的旅行。

她走到能看到悌克约克村的茅屋的地方时，又遇见了另一个妖魔的仆人。这仆人把她带到他主人的家里。年轻的女人一进茅屋，便立刻认出了那些在座的人中有她的父亲。他见到她，心中有说不出的欢喜。

“自从你不见了，我除了杀人以外，什么也没有做。我已经变成一个嗜杀成性的人了。但从现在起，这种事情已经结束。我再也不杀人了。”

然后，女儿反复地说着自从她在父亲的皮舟里晕过去以后，曾经在她身上发生的一系列的惊险故事。她讲完以后，她父亲解释了他和他的伙伴们所发生的事情。

“我们只是吃了那只吓人的野兽的肉，就是你那天猎捕的那只。现在还剩下了一些，我们一点儿也没给别人吃。也许就是吃了这只野兽的肉，使我变成了一个妖魔。后来，因为你不在，没有人为我们打猎，为了要吃肉，我们就把那些到这儿来的人杀了。”

年轻的女人拿出她的刀子，把它弄湿了，放在她的身旁。刀把她的父亲和茅屋的其他人都拉了过去。年轻的女人及时把刀挪开了，他们才没有被刺伤。“就是这把刀拯救了我，”她说道，“我是用它来杀妖魔的。”

她的父亲听了之后吓坏了。然而，女儿回来了，有人为他打猎觅食，他很高兴再也不用为食物而奔波杀人了。

点评

这把刀是斩杀妖魔的宝物，在故事中多次出现，不断推动着故事情节的发展。

我的笔记

知识拓展

悬念是指作者为了激活读者的紧张与期待的心情，在艺术处理上采取的一种积极手段。它包括“设悬”和“释悬”两个方面。前有“设悬”，后必有“释悬”。通俗地说，就是在故事发展的过程中只亮开谜面，藏起谜底，等适当的时候再予以点破，使读者的期待心理得到满足。

日积月累

名副其实　不可抗拒　油嘴滑舌　不由自主

延伸思考

1. 女猎手经历了哪些危险?

2. 女猎手是怎样一步一步脱离危险的?

女孩与熊

文前小问号

在野外遇到了熊，你会选择慌张逃跑，还是勇敢搏斗呢？故事里的女孩选择了智斗棕熊，最终脱离危险。故事里究竟发生了什么？快来读一读吧。

好久以前，有一个叫易悌克塔加克的小女孩出门去打柴。在半路上，有一头棕熊闻见了她的气味，就开始跟踪她。当她发觉熊在她后面，便立刻倒在地上，肌肉绷得紧紧的，假装自己死了。

熊走到她跟前，心想，这小女孩是冻僵了。于是，它毫不犹豫地把她举到背上，准备将她带回洞里。

碰巧棕熊走的那条小路要穿过一片高高的柳树丛。易悌克塔加克心想，柳树丛可以阻碍棕熊的前进。于是，

点评

女孩通过紧抱途中看到的树丛来拖延时间，以便找机会趁机逃跑，突出了她的机智。

她用双臂抱着树丛，使棕熊放慢脚步。棕熊挣扎着想从树丛中解脱出来。可是，它愈是用力挣扎，树丛愈是把它缠得紧紧的。

棕熊回到洞中，发现它的孩子——两只精力旺盛的熊崽正在玩耍。熊妈妈睡着了，熊爸爸也被艰辛的旅程弄得筋疲力尽了。它把女孩放到地上，对熊崽们说："这是给你们吃的。"

熊崽们听到这话以后，围着易悌克塔加克欢喜得跳起舞来，而易悌克塔加克却依然装作冻得很僵的样子。熊爸爸需要休息，而它的孩子们却要玩耍。"安静！"熊爸爸恼怒地示意熊崽们安静些，"乖乖的，以后我还会给你们女孩肉吃的。"

熊妈妈迷迷糊糊听到这些话就醒了。它从床上爬起来，拿着一把斧子，去察看躺在地面上的猎物。可是，女孩的身体还是很硬。于是，它把斧子放在女孩身旁的地面上，又回去睡觉去了。

易悌克塔加克听到熊妈妈和熊爸爸都睡着了的时候，她第一次睁开了眼睛。两只熊崽一直在提防着小女孩的行动，它们叫道："爸爸！她解冻了！她睁开眼睛了！"

但是，熊爸爸并没有被它们打扰，它叫道："让她睁开眼睛！她曾紧紧地抓住柳树丛，把我弄得实在太疲劳了。让我睡觉啊！"熊爸爸很快地又睡熟了。

字词释义

筋疲力尽：精神疲惫，力气用尽。形容精神和身体极度疲劳。

动作描写

写出了熊崽们见到食物时兴奋的样子。

读书笔记

易悌克塔加克继续装死。她注意到了斧子就放在她的身旁，但是在她再睁开眼睛之前，她得确定所有的熊都睡熟了。不一会儿，洞里安静了下来，熊崽们也玩累了睡着了。

此时，小女孩感到这时睁开眼睛不会有什么事了，便赶快爬起来，先抓起斧子往熊妈妈的耳朵上砍了一刀。洞里立刻响起了熊妈妈痛苦的喊叫声。易悌克塔加克发现熊爸爸已经醒过来了，便从洞里逃了出去。

易悌克塔加克只知道她必须尽快地跑，因为熊爸爸锲而不舍地追着她，直到来到一条小河，游了过去，她才歇了一会儿。接着，她伸出指头，在水中划着道。她一边这样做，一边重复地念着魔语："水啊，水啊，流到这里来。"话音刚落，河水便上涨成一股洪流，把易悌克塔加克与熊爸爸分开了。

字词释义

锲而不舍：指不停地雕刻。比喻坚持不懈。

"现在我该怎么办？"熊爸爸心想，"我自己可没办法渡过这河。"它一边思考，一边在河对岸走来走去。最后，它向小女孩大声嚷道："你怎样过的河？"

易悌克塔加克丝毫没有犹豫地回答说："我把头扎在河里，拼命地喝水，直到把水喝没了，一条小路就出现了。"

语言描写

突出了女孩的机智，她在戏弄熊爸爸。

熊爸爸心想，它也可以照她这样做。因此，它贪婪地喝起水来。它拼命地喝着，越喝越多，身子也越来越

胖了。在喝到最后一口时，它的肚子爆裂了，它肚子里的水变成了弥漫的薄雾向四处散开。

易悌克塔加克凝视着发生的这一切。她看到薄雾渐渐飘散在空中，慢慢上升，变成了云，这里从前从来没有云。不一会儿，这些云变成水，很快地落到河里了。

点评

由于贪婪和愚蠢，熊爸爸听信了女孩的话，结果自取灭亡。

我的笔记

名师点评

易悌克塔加克利用装死拖延时间，然后趁夜晚逃跑，最后巧施妙计引棕熊上当，摆脱了危险。可见，她是一个多么机智、勇敢的女孩啊！

日积月累

毫不犹豫　筋疲力尽　锲而不舍

延伸思考

1. 你如何评价女孩和棕熊？

2. 如果你是棕熊，你会选择什么方法过河？

墨西哥神话故事

日月诞生

文前小问号

在没有太阳之前，人们一直生活在黑暗之中。是谁的献身，使得宇宙有了白天和黑夜，世界也从此变得多姿多彩?

在众神聚集的德奥蒂华冈上，诸神正在商讨着天国的一件大事：决定由谁给宇宙带来光明，以结束从世界诞生以后就一直陷于黑暗之中的日子。

> **点评** 诸神商讨由谁给宇宙带来光明。点出故事的起因。

会议气氛庄严而肃穆。高贵英武的德库西德卡尔站起来了，他环顾了会场中的诸神之后说，他愿意承担这一光荣的使命。不过，他希望有一个助手来协助他完成。

对德库西德卡尔的自愿请命，诸神一致赞同。但

点评

通过诸神的反应，烘托出任务的艰巨。

对他提出的谁可以当他的助手，却久久没谁吭声。因为这项工作不仅艰巨，而且有生命危险，所以大家都不愿主动承担，而是找出种种借口推脱。一时间，大家都沉默着。

诸神之中有一个无人关注的神，叫纳纳渥瓦辛。他满脸疙瘩，全身生着烂疮，自知地位卑微，令人嫌恶，会上从不发言，只是蜷缩在会场的角落里。旁边一个神偶然瞥了他一眼，便提议由他去做助手，协助德库西德卡尔给宇宙以光明。

对比

纳纳渥瓦辛的感激之情与诸神的不愿献身形成了鲜明的对比。突出了纳纳渥瓦辛的勇敢无畏。

诸神像是松了一口气，立即同声说："好！"纳纳渥瓦辛则激动得脸上的疙瘩似乎都放出了红光。他感激地向全场的神表示，承蒙大家这样看得起他，他感到很荣幸。他一定尽力去完成赋予他的光荣使命。

两位肩负重任的神立即开始了神圣的工作。他们在山顶上燃起了熊熊的篝火，在德奥蒂华冈附近的两座山峰上各设立了一座祭坛，开始了为期四天的祈祷。德库西德卡尔在祭坛上奉献的是黄澄澄的金球、芳香四溢的树脂、光彩夺目的珊瑚树、五颜六色的宝石和鲜艳美丽的羽毛。

纳纳渥瓦辛没有这些华贵珍奇的供品，只是虔诚地供奉着亲手砍的一捆翠绿鲜甜的甘蔗，亲手用草编的几个球，亲手摘的几片龙舌兰的叶子，上面涂上他自己的

鲜血。

仪式进行了四个夜晚。在最后一个夜晚，所有的神都来参加他们的祈祷。为表示虔诚，他们分别送给德库西德卡尔一件羽毛做的长袍，送给纳纳渥瓦辛一件纸做的长袍。然后，诸神分成两排，站在燃烧了四天四夜的篝火两旁。

德库西德卡尔和纳纳渥瓦辛站在诸神正中间，面对着熊熊燃烧的篝火。

祈祷结束了，他们献身的时刻到了。诸神催促他们快快投身烈火。首先，轮到德库西德卡尔。可是，由于害怕，他向大火连冲四次都没敢投身火中。按照仪式的制度，他要暂时停下来，等候下一次。

纳纳渥瓦辛出场了。他脸上呈现着一股为全宇宙牺牲的大无畏的神色，毫不犹豫地跳进了烈火之中，他的全身立即燃烧起来，一股青烟直冲云霄。纳纳渥瓦辛的精神鼓舞了德库西德卡尔，也刺激了他的自尊心。这次，他也坚决、勇敢地跳入了烈火中。

据说，山鹰随后也投入烈火之中，羽毛被烧焦了，因此山鹰变成了黑色；老虎也投入烈火之中，因此老虎身上出现了斑斑驳驳的花纹。也正因为如此，后来印第安人便把最勇敢的人称作“山鹰”和“老虎”。

纳纳渥瓦辛和德库西德卡尔在火中渐渐消失了。诸

细节描写

通过“向大火连冲四次都没敢投身火中”这一细节，足见德库西德卡尔内心的恐惧。

点评

突出了纳纳渥瓦辛勇敢献身的精神。

神便全部在地上坐了下来，等待着事情的变化。他们相信，奇迹很快就会出现，光明就会到来。

渐渐地，天空开始变红，出现了黎明的曙光。诸神纷纷跪倒，匍匐在地，迎接即将升起的太阳。但是，在太阳由哪个方向升起的问题上，诸神的意见发生了分歧。有的主张从南方升起，有的主张从北方升起，有的主张从西方升起。最后，萨科阿特神做出了正确的判断，让太阳从东方升起。

场面描写

通过描写诸神在太阳、月亮的辉照下欢呼雀跃的场面，表达了大家对光明的期盼。

不一会儿，一个又圆又大、通红发亮的球体从东方冉冉升起。它就是纳纳渥瓦辛变化成的太阳。此时，太阳射出了万道光芒，耀眼夺目。诸神面向东方高举双手，齐声欢呼，庆祝太阳的诞生，迎接着光明。紧接着，德库西德卡尔变成的月亮也升起来了，它发出了像太阳一样灿烂的光辉。

点评

太阳和月亮同时出来，既给大家带来了渴望已久的光明，也带来了炎热的难题。

一个太阳，一个月亮，同时出现在天空，辉煌灿烂，景象壮观。但是，强烈的光线刺激得诸神难以睁眼。一时间，天地间变得酷热难耐。于是，他们又聚在一起商讨办法。一个神突然站起来，随手抓了一只白色的兔子向着第二个“太阳”——德库西德卡尔变成的月亮使劲扔去。兔子击中了月亮，月亮被砸得颤抖了一下，光线立刻减弱了许多。由于这个神用的力量太大，竟使月亮的脸上留下了伤痕。

太阳和月亮停在天空中一动也不动，明亮的光辉一刻不停地倾泻在大地上，此时只有白昼，没有夜晚。时间一长，诸神忍受不了这种没有休息的生活。他们决定全体以身殉天，重新安排太阳和月亮。

一个叫索洛特尔的天神不愿意去死，他痛哭流涕，浑身打战。在即将殉天的时候，他逃跑了，变成了一棵双秆的玉米，混在一片玉米地里，诸神立即认出了他。他又变成了一棵双身的龙舌兰，藏在龙舌兰地里，诸神再次发现了他。他拔腿逃跑，跳进河里，变成了一条叫阿索洛特尔的鱼。但是，他最终还是被诸神捉住并处死，落得个被人唾弃的下场。

诸神献身后，全部变成了风。飓风使劲地刮着，把太阳一点一点吹动了，也把月亮一点一点吹动了。风把太阳和月亮吹送入各自的轨道，轮流在天空出现。太阳沿着自己的轨道出现在天空的时候，便是白昼；月亮沿着自己的轨道出现在天空的时候，便是夜晚。

后来，印第安人在德奥蒂华冈建立了著名的金字塔群，他们把大的一座献给了太阳，把小的一座献给了月亮。

读书笔记

点评

在诸神的共同努力下，宇宙有了白天和黑夜。

点评

人们用实际行动纪念诸神做出的伟大贡献。

我的笔记

日积月累

高贵英武　芳香四溢　光彩夺目　五颜六色

鲜艳美丽　耀眼夺目　辉煌灿烂　痛哭流涕

拓展训练

光荣的（　　）　　熊熊的（　　）

黄澄澄的（　　）　　芳香四溢的（　　）

光彩夺目的（　　）　　鲜艳美丽的（　　）

延伸思考

1. 日月是怎么诞生的?

2. 你能把这个故事复述给别人听吗?

创造人类

文前小问号

关于人类的起源，在中国神话故事中有“女娲造人”的说法，在加拿大神话故事中则有“渡鸦创造人类”的说法。那么，在墨西哥神话故事中，人又是怎么来的呢?

在我们自己生存的世界中，大神魁扎尔科亚特尔准备创造一个新人类。首先，他创造的生灵必须拥有富有营养的食物。于是，他开始漫游大地，不时停下来察看遇到的每一种植物和动物是否最适合他的生灵。

点评

魁扎尔科亚特尔打算创造人类，并有条不紊地开始了他的计划。

他见到蚂蚁食用的谷物时，当即认定这正是自己一直在寻觅的食物。可是，他知道蚂蚁决不会将自己的谷物拱手送给他。最后，他想到了一个办法。

他把自己变成一只黑蚂蚁，随其他黑蚂蚁一起吃力地把谷物一粒一粒地从地里运向仓库。不过，魁扎尔科亚特尔只是假装为蚁群运储谷物，实际上是在为他即将创造的人类建造巨大的粮堆。终于，他悄悄聚起了足够的谷物，从而得以教自己创造的生灵种植谷物，生产粮食。这时，他恢复了正常的形体，把谷物装进一只巨大的口袋，背着它返回天宇。

此时，魁扎尔科亚特尔已准备好把注意力转向他计划的第二部分——创造我们现今生存的人类。每天白天，他沿着太阳运行的轨道自东往西飞越天宇；每天夜晚，他自西往东穿越下界，黎明时分复返天宇。在其中一个夜晚穿越下界的途中，他决定前去寻找冥土的主宰——冥王，朝创造人类迈出第一步。

点评

这个过渡句起到承上启下的作用，魁扎尔科亚特尔准备开始实行第二步计划了。

“我的父亲埋葬在此地，请把他的尸骨还给我。”他对冥土主宰说。

“为何我该给你这份恩惠，魁扎尔科亚特尔？”冥王反诘道，“葬在这儿的一切全都属于我。你要这些骨头干什么？”

知识链接

反诘：有反问的意思，但又不同于反问，它有追问、责问的意味。反诘是用疑问的形式表达确定的意思，以加强语气。

魁扎尔科亚特尔回答说：“这些骨头对我来说十分宝贵，因为它们是我父亲的全部残存之物。众神想要塑造一个新的人类生存在大地上，而我打算用父亲的尸骨创造他们。”

语言描写

魁扎尔科亚特尔打算用父亲的尸骨创造人类，突出了他的无私、伟大。

“这样的话，我可以把尸骨给你，”冥土主宰回答说，“如果你完成了我要求你所做的事，尸骨就成了你的。你用一只手抓住这只螺壳，另一只手提着这些骨头，绕着那玉石铺砌的圆形竞技场走上四圈，一边走一边吹螺号，让它发出响亮的声音。”

魁扎尔科亚特尔从冥王手里接过尸骨和螺壳，绕着竞技场走起来。他试图往螺壳里吹气，螺壳却丝毫发不出声响，似乎有什么东西堵塞在螺壳的里面。

魁扎尔科亚特尔召唤居住在冥界的虫子和蜜蜂前来相助。首先，虫子钻进螺壳，强行穿过堵塞着的物体。接着，蜜蜂飞进弯弯曲曲的通道，清除了虫子留下的所有杂物。

魁扎尔科亚特尔一边绕竞技场转圈一边成功地吹响螺壳后，冥王便对他说他可以拿走尸骨。可是，这位冥王却又悄悄地吩咐他的仆人，在魁扎尔科亚特尔离开之前对他进行搜查，务必让他留下尸骨。

当仆从勒令魁扎尔科亚特尔留下尸骨时，这位大神竟不知该怎么办。他呼唤他的纳瓦尔——他的兽体化身——前来为他出谋划策。

“假装扔下尸骨，魁扎尔科亚特尔，”他的纳瓦尔回答说，“然后，那些仆从返回后，你就包起骨头，带在身边。”

读书笔记

点评

冥王并不打算让魁扎尔科亚特尔带走父亲的尸骨，为此故意设置了障碍。

语言描写

纳瓦尔帮助魁扎尔科亚特尔出主意，也在为创造人类尽一份力。

于是，魁扎尔科亚特尔佯装服从命令，丢下尸骨，过后又小心地把它们包裹起来，带回了阳界。

冥王并未受到魁扎尔科亚特尔的蒙骗。他对仆人说："魁扎尔科亚特尔违背了我的命令，带走了尸骨。挖一口陷阱诱捕他，让他留下尸骨。"

> **语言描写**
> 冥王再次设置障碍，足见他的险恶用心。

冥王主宰的仆人赶紧在大地上挖了一口陷阱，用带叶的树枝和泥土遮蔽起来。不出他们所料，魁扎尔科亚特尔绊进了陷阱中。一群鸟儿不知从哪里飞来，令人发怵地威胁着他，这位大神竟吓得晕厥过去，丢下了手中珍贵的包裹。接着，鸟儿啄散了布包和里面的骨头。

> **字词释义**
> 发怵(chù)：胆怯，畏缩。常用于口语。

魁扎尔科亚特尔苏醒后，他为自己立下的誓言伤心地哭泣起来。"天哪，我的纳瓦尔，"他哭叫道，"我现在该怎么办？"

"别失望，"他的纳瓦尔回答说，"尽量往好处想，继续赶路。"

魁扎尔科亚特尔聚拢起被鸟儿啄得四散的骨头，尽可能牢固地包裹起来，带着它如愿返回家中。

母蛇女神把他父亲的碎尸骨碾成骨粉，盛进玉碗。接着魁扎尔科亚特尔扎破躯体，用自己的血拌湿骨粉。用了这种骨血混合物，魁扎尔科亚特尔塑造了一个新的人类，其中既有男人也有女人。

人类诞生了。

我的笔记

名师点评

在墨西哥神话中，大神魁扎尔科亚特尔首先为想创造的生灵找到了富含营养的食物，然后历经磨难，找回了父亲的尸骨。最后，他用自己的血拌湿骨粉，创造了人类。

延伸思考

1. 魁扎尔科亚特尔在创造人类的过程中都遇到了哪些困难？

2. 魁扎尔科亚特尔是怎样一步一步克服这些困难的？

神童传说

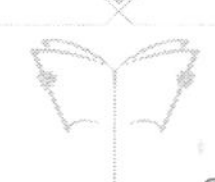

?文前小问号

在你的眼里，神童具有哪些超越常人的地方呢？这个故事中的神童具有很多战胜邪恶的超能力，等着你去发现呢。

环境描写

介绍了故事发生的环境，为神童的出现做了铺垫。

字词释义

门第显赫：指家庭或家族的社会地位和家庭成员的文化程度很高。

很久很久以前，在印第安人聚居的地方，有一个神秘、奇特的村庄，叫德波德朗。村后有一座高山直插云霄。山势险峻陡峭，奇峰突兀，有的像巍峨的城堡，有的似顶天的立柱。棉絮似的白云飘飘忽忽，在山际间缭绕。

在这些奇峰之巅，从前曾建有许多寺庙。当地有个印第安姑娘在寺庙里侍奉天神。那时，只有门第显赫的女子才能到寺庙里工作。

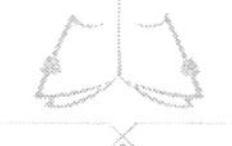

这位献身于神的姑娘不但出身高贵，而且非常虔诚。她每天按时打扫寺院，清理祭坛，辛苦而忙碌。有一天，她在干活的时候，不慎弄断了自己的项链，掉下了一颗珠子。她把珠子捡起来，含在嘴里，打算等干完了活儿，再把它穿回去。不料，一不留神，珠子竟吞进了肚子里。九个月后，她产下了一个男婴。

点评

介绍了神童的非同一般的来历。

姑娘又羞又急，她是个纯洁无瑕的姑娘，担心因此会败坏名声，受人责骂。但是，她又不敢亲手杀死婴儿。她冥思苦想着怎样才能摆脱这场耻辱。最后，她把孩子丢弃在蚂蚁窝里。

过了几天，她偷偷地去看望。不料，孩子活得好好的。蚂蚁不仅不咬他，反而殷勤地照料他、喂养他。年轻的母亲感到很是奇怪，她把孩子抱回家，放在木箱里，又把木箱丢到溪涧旁。她想，等到晚上下雨，箱子被河水冲走，孩子就会被淹死了。

点评

突出了神童的特别之处，连蚂蚁都会保护他，喂养他。

但是，这天晚上并没有下雨。第二天，箱子还是好好地放在干燥的地上。孩子饿了，哇哇地哭了起来。一对老夫妇到山里拾柴，正好路过此地，听到了孩子的哭声，走过来一看，见是一个胖胖的婴儿躺在箱子里。两个老人又惊又喜，他们早就想要一个孩子，便把这个婴儿看作天神赐给他们的。于是，他们欢欢喜喜地把这个意外得到的孩子抱回家去抚养。

读书笔记

点评

突出了这个孩子的特别之处，他不但知道自己的身世，而且对收养自己的老夫妇抱有感恩之心。

点评

孩子想出什么办法来对付残暴的国王呢？

孩子慢慢地长大了，会走路了，会说话了，给两个老人的生活增添了许多乐趣。但令他们感到奇怪的是，孩子不叫他们爸爸、妈妈，而是叫他们爷爷、奶奶。他们便问孩子，为什么要这样叫。这个神奇的孩子像是什么都知道的预言家似的，说他们不是他的亲生父母。他是被亲生的妈妈扔在山中的溪涧旁，然后被他们抱回来养大的。为感谢他们的养育之恩，他才叫他们爷爷和奶奶。两个老人听了，非常惊讶，觉得这个孩子不同寻常。

当时，他们居住的那个地方属索奇卡尔国王管辖。这个国王既凶狠又残暴，常以吃人为乐事。每年，都要从各个村子里挑一个老人，供他食用。这一年，正好轮到孩子的爷爷。老两口非常伤心和害怕。孩子劝慰老人，让他不用担心，他愿代替爷爷去见国王，看这个国王如何处置他。

临走的时候，他告诉爷爷奶奶，太阳落山的时候到山头上去，朝天上看。如果天上出现的是一片乌云，那就表明他被暴君吃掉了。如果天上出现的是一片白云，那就可以放心，表明他没有被吃掉，而是打败了暴君。

孩子见了国王，请国王把自己吃掉。凶残的国王看了看他，不满意地说他太小了，这点人肉不够吃。孩子一听哈哈大笑，说国王胆子小，不敢吃他。国王一听非

常生气，立即命令士兵把孩子扔进大开水锅里，盖上盖子煮了吃。

柴火熊熊燃烧着，开水咕嘟咕嘟响着，从锅与锅盖缝隙间冒着腾腾热气。国王估算了时间，认为煮熟了，命令士兵把孩子捞上来。谁知锅盖一掀，孩子活蹦乱跳地出来，一纵身坐在锅盖上，对着国王发笑。

国王恼羞成怒，但无论他采用什么手段，都消灭不了孩子。最后，国王气急败坏地抓住孩子，把他吞下肚。

孩子一进到国王肚子里，立即拿出随身偷偷携带的尖石块，搅动起国王的五脏六腑，直搅得国王满地打滚，嗷嗷直叫，活活疼死了。孩子割破国王的肚皮，哈哈大笑着钻了出来。众大臣见孩子还活着，吓得一个个逃跑了。

再说孩子的爷爷奶奶自孩子走后，心中一直焦急不安。太阳一落，他们就赶到山头上，看见天上飘着的正是一团巨大的白云，知道孩子战胜了国王，没有被吃掉，这才放下心来。

孩子平安无恙，快快乐乐地回到了家。两个老人抱住他，高兴得流下了喜悦的泪水。孩子没有休息，见家中已没有吃的食物，就拿着弓箭出了门。过了一会儿，他就打到了许多飞鸟、野兽，足够吃几天的，使得爷爷

细节描写

通过“熊熊燃烧”的柴火、“咕嘟咕嘟响着”的开水以及“腾腾热气”，营造出此时的紧张气氛。

点评

写出了孩子的神奇的一面。

读书笔记

奶奶又惊又喜。

德波德朗村的一个孩子杀死残暴的国王，解救了所有老人的神奇事迹很快便传播开来，他成了这一地区家喻户晓、尽人皆知的“神童”。直到今天，神童的名字还在印第安人的传说中流传着。

字词释义

家喻户晓：家家户户都知道。

我的笔记

名师点评

曾经被遗弃的神童长大以后，巧施妙计消灭了残暴的国王，从而解救了所有的老人。他的善良、勇敢使得他的名字家喻户晓。

日积月累

奇峰突兀　门第显赫　纯洁无瑕　冥思苦想

不同寻常　活蹦乱跳　恼羞成怒　气急败坏

五脏六腑　平安无恙　家喻户晓

延伸思考

1. 神童“神”在哪里？
2. 故事中的哪件事令你印象最深刻？

死神教母

文前小问号

如果你有一朵能够治疗一切疾病，但不能妨碍世间生老病死的花，面对权势和财富的诱惑，你会坚守本心，无论对什么人都一视同仁吗？

很久以前，有一个穷人。他有很多孩子，最小的是个男孩儿，还没有受洗礼和命名。

有一天，这个人对妻子说："今天我不去工作了，我要给我们的小儿子去找教父或教母。"

这个人出门走了没多远，就遇见了另一个穷人。

"我知道你是在给你的孩子找教父，"那个人说，"让我来当他的教父吧！"

这个人不知道跟他说话的人就是上帝，便回答说：

语言描写

因为上帝看上去很贫穷，父亲拒绝了上帝的好意。那么，父亲想找的是一个什么样的教父或教母呢？

"不行，你太穷了，你不会有东西送给教子的。"

他又走了一段路，遇见了一个有钱的人。

"我知道，"这个有钱的人说，"你是在给你的孩子找教父，让我来当他的教父吧！"

"不行，"当父亲的回答说，"你太有钱了，这对孩子没有什么好处。"

后来他又遇到了一个人，是个女人。她就是死神。

"我知道，"她说，"你是在给孩子找教母，让我来当他的教母吧。我对待青年、老人，有财富的、贫穷的，无论什么人都一视同仁。"

语言描写

这句话表明了死神的态度：在死亡面前人人平等。

"好吧，"做父亲的回答说，"既然你对所有的人都是一种态度，你就当我孩子的教母吧。"

于是，死神为孩子施了洗礼。

几年之后，死神来到孩子的家里，要求她的教子和她一同到树林里去散步。

到了树林里，死神教母摘下一朵花，送给她的教子，对他说，如果这朵花能使用得好，就会带给他幸福。

"这朵花能够治疗一切疾病，"她说，"从今以后，你就是神医了。不过，你在诊治病人的时候，如果看见我就在病人的床头，你要把他交给我来治。"

语言描写

死神教母帮助孩子成了神医，并与他约法三章。这也为后文的故事发展做了铺垫。

后来，这个孩子果真成了一名神医，他治好了许多病人。有一次，国王把他召了去。

“给我治病吧，”国王说，“治好了，我的女儿和整个国家都归你了。”

尽管死神教母就站在床头，叫他不要给国王治病，神医却没有听她的话。但是，她是一个好教母，就原谅了这个教子，因为这是第一次。

几天之后，公主又得了病。神医又被召来了。死神教母又在床头站着，叫他不要给公主治病。但是，这位教子又一次没有听话。于是，公主也像国王一样，病被治好了。

过了几天，神医和国王的女儿就要举行婚礼了。死神教母把教子叫了去，把他带到一个黑暗的地方，那里点燃着许多的蜡烛，代表着死去的人的灵魂。

“这一支，”死神教母指着其中一根马上就要燃烧完的蜡烛，对他说，“它就是你的灵魂。等到它燃完了，你就要死了。”

教子请求教母给他更多的生命，死神教母却把一支更短的蜡烛放在代表他生命的那支蜡烛之上。

“你阻碍了世间生老病死，”她说，“你必须用你的生命来赔偿。”

死神的唯一的教子就这样死了。从此以后，死神就再也没有当过谁的教母，她也从来没有说明那朵带来生命和幸福的花是什么花。

读书笔记

语言描写
神医的生命即将走到尽头。

语言描写
这句话与神医的父亲当年初遇死神时的对话遥相呼应，再次点明：在死亡面前人人平等。

我的笔记

名师点评

故事讲述了一个穷人家的孩子因为成为死神的教子而得到她的庇护，长大后成为一名神医。然而，神医因为私心一再欺骗死神教母。最终，他为此付出了生命的代价。死神用实际行动证明了自己的公平，不因为对方是高高在上的国王、美丽动人的公主或是跟自己关系密切的教子就区别对待。

一视同仁　生老病死

1. 你认同神医的做法吗？

2. 你认为那朵带来生命和幸福的花是什么花？

秘鲁神话故事

库斯科的传说

?文前小问号

很久以前，有几个部落自私而又好侵略，给人们造成了许多无谓的苦难和死亡。突然间，在一个叫作“本源之家”的地方，出现了三个奇怪而又强大的男人和三个女人——他们都是威力无比的太阳神的子女。这六个人想成为这片土地上的统治者，开创一个拓居地。那么，他们最后成功了吗?

很久以前，有几个部落自私而又好侵略，给人们造成了许多无谓的苦难和死亡。突然间，在一个叫作“本源之家”的地方，出现了三个奇怪而又强大的男人和三个女人——他们都是威力无比的太阳神的子女。六个人一路走了过来，穿戴得像王族成员一样，衣服是用上好的羊毛织成的。每个男人身边都带着一块石头，装在金

点评

从这六个人出现的地方——本源之家以及穿戴打扮，都可以看出他们的不凡。

色的投石器里；每个女人身上都佩戴着许多金制品。他们想成为这片土地上的统治者，开创一个拓居地。

其中一个名叫阿亚·卡奇的人十分强壮有力，从他的投石器中投出的石头劈开了山岗，裂变出山谷。他的两个兄弟见他干了他们无法完成的业绩，不禁妒火中烧。他们合谋算计他。

语言描写

可以看出兄弟俩阴暗的嫉妒心理。

“阿亚·卡奇，亲爱的兄弟，”阿亚·乌科开了口，“请你返回我们珍藏宝物的洞中，把那只硕大的金花瓶拿来。我们忘了把它带来。”

“到那儿后，”阿亚·曼科补充道，“请向我们的父亲太阳神祈祷，请求他途中好生照应我们，帮助我们成为这块国土的统治者。”

阿亚·卡奇丝毫未怀疑其中有诈，立即返回洞中去取金花瓶。他的两个兄弟悄悄地尾随在后。等他一跨进山洞，他们立即用石块堵死了出口。二人压根儿没有听到阿亚·卡奇反抗的声音。然而，当大地骤然剧烈摇晃，致使众多大山翻滚进山谷，把曾经树木葱茏、河水奔流的地方变成一堆堆碎石时，他们吓得浑身直打战。

点评

被兄弟俩设计谋害的阿亚·卡奇突然变成一只绚丽多彩的鸟儿再度出现，故事出现了戏剧性的转折，有力地推动了后文情节的发展。

后来，这兄弟俩、三个女人以及加入他们行列的其他人，在附近建立了一个拓居地。阿亚·曼科和阿亚·乌科几乎快忘却被他们谋害的兄弟时，一天，阿亚·卡奇变成一只绚丽多彩的鸟儿朝他们俩飞来，一对

强劲的翅膀上的五彩羽毛在阳光中灿灿发光。

看到兄弟俩转身就要逃跑，阿亚·卡奇说道：“别怕，我的兄弟。我来只是劝告你们建立伟大的印加帝国的。我请你们离开这个拓居地，进入下面的山谷。到那儿后，你们必须建立库斯科城。在那儿建造一座伟大的城市，连同一座朝拜太阳神的庙宇。”

“我将利用父亲对我的恩宠来帮助你们成为强大的统治者。条件是，我请你们敬重我，把我当神明加以崇拜。如果你们严守承诺，给我上供，交战时我就会帮助你们，把帝国的王冠戴到你们头上。这样一来，你们就可以带上这块土地上的年轻人，封他们为贵族，把他们武装起来参加战斗。作为我们新型关系的标志，我将刺穿你们的耳朵，就跟刺穿我自己的耳朵那样，并且佩戴上耳饰品。”

阿亚·卡奇的两个兄弟一声未吭。最后，他们同意答应他的要求，把他们所在的那座山变成朝拜他的圣地。

三兄弟一起站到山上时，阿亚·卡奇对阿亚·曼科说：“带上我们的三个女人前往谷地，在那儿创建库斯科城。不过，别忘了我，我等着你们祭祀呢。”

说完，当着阿亚·曼科的面，阿亚·乌科被变成了石像。阿亚·曼科遵从阿亚·卡奇的告诫，创建了库斯

点评

兄弟俩“转身逃跑”的惶恐模样和变成鸟儿归来的阿亚·卡奇淡定从容、侃侃而谈的模样形成了鲜明的对比。

点评

害人的兄弟俩会遵守承诺吗？

科城。他把自己的名字改为曼科·卡帕克，成了一位谦恭的统治者。他以康·蒂克西·韦拉可卡和他父亲太阳神的名义，铺下了新城的地基。他盖的第一座建筑是简朴的草顶石屋，称之为“金邸”，他的保护神就在那里接受朝拜。就在这座陋屋的地基上，最终竖起了一座宏伟壮观的太阳神神庙。

我的笔记

名师点评

三个强大的男人和三个女人一起去开创一个拓居地，想成为这片土地上的统治者。三个男人中，其中一个名叫阿亚·卡奇的人十分强壮有力，干了其他人无法完成的业绩。见状，阿亚·卡奇的两个兄弟妒火中烧，合谋算计了他。然而，他们最终为此付出了代价。

日积月累

强壮有力　妒火中烧　绚丽多彩　宏伟壮观

延伸思考

1. 阿亚·卡奇是因为什么被谋害的？
2. 你从这个故事中明白了什么道理？

太阳子女

文前小问号

太阳神的一对子女奉父命降临人间，引领着那里的人们停止像野兽一样生活，走向较为文明的生活方式。在他们的帮助下，印加人逐渐成为一个怎样的民族？

古时候，大地上灌木丛生、树木遍布、高山连绵。生活在这块土地上的人类粗鲁野蛮，浑浑噩噩，懵懵懂懂。他们像野兽一样生活着，没有布做的衣服，没有房屋，没有耕种的食物；他们与世隔绝，靠大自然提供住所，以家庭为单位居住在山洞或巨大岩石下方的凹窟里；他们用兽皮、树叶和树皮遮身，他们找到什么就吃什么，诸如青草、野生浆果、植物根、鸟蛋，有时他们还生吃

点评

古时候的人类没有布做的衣服，没有房屋，没有耕种的食物，过着野兽一般的生活。

兽肉。

天父太阳神俯视大地，对这些像野生动物一样生活的人类产生了怜悯之情。他决定派遣自己的儿子曼科·卡帕克和女儿玛玛·奥克洛·华科降临人间，到的的喀喀湖地区，教导人们怎样改进生活。

一儿一女准备就绪，即将动身时，太阳神对他们说："我致力于为全宇宙谋求幸福。每天每日，我都要穿越天空，以便俯视大地，看看我能为住在大地上的人类做些什么。我的热量为他们提供了温暖，带来了舒适；我的光线为他们提供了视力，以供他们观察生活。通过我的努力，光照和雨水得以适时播撒，因此，田地和森林能为他们提供食物。

语言描写 突出了太阳神对人类的贡献。

"然而，这一切好是好，却还远远不够。人类跟野兽一样生存着。他们全然不懂得住在屋子里，全然不懂得穿衣服或种粮食。他们没有村舍，不使用工具或用具，也没有法律。

语言描写 表现了早期人类在文明诞生以前的生存状态。

"因此，"太阳神继续说，"我立你们为的的喀喀湖地区所有部落的统治者。我要你们像父亲统治子女那样去统治那些人。像我对待你们一样去对待他们，温柔仁慈，忠实公正。像我教育你们一样去教育他们，因为那些部落的人也是我的孩子。现在，该是他们停止像野兽一样生活的时候了。

“你们带上这根金棒，”临了，太阳神说，“它只有两指粗，且不到一臂长。然而，它会告诉你们某块土地是否适合种植谷物。行进途中，无论你们歇下来吃饭还是睡觉的时候，都看看是否能把这根金棒完全插到地里。你们到达金棒能一下子插进地里的地方后，就着手建立我的圣城——太阳城库斯科。跟这根金棒一样深的松软土壤，一定是肥沃土壤。”

于是，曼科·卡帕克和玛玛·奥克洛·华科降临的的喀喀湖地区，徒步视察这块土地。无论他们在哪儿歇下，都试图把金棒插进地里，但都是徒劳，因为土壤中的石头太多。

最后，他们来到一片山谷。这块土地荒无人烟，但草木茂盛。他们爬上一座小山的山顶，把金棒插进土壤中。令他们大喜的是，金棒陷进地里消失了。

曼科·卡帕克冲玛玛·奥克洛·华科微微一笑，说：“原来我们的父亲太阳神是要我们统治这片谷地。我们将在这儿建立他的太阳城库斯科。让我们分头行进，你向南，我向北，把我们见到的人都召集起来，带到这片肥沃的谷地上。我们将给他们传授人类的生活方式，像父亲吩咐的那样照料他们。”

曼科·卡帕克和玛玛·奥克洛·华科动身前往山间高地，召集各族居民。他们在各个贫瘠地区发现的男男

语言描写

太阳神给了儿女一根金棒，这根金棒是检验土壤肥沃程度的试金石。

字词释义

贫瘠（jí）：土地不肥沃，土壤层薄。

女女，无不对他们的衣着、扎有洞孔的耳垂、尊贵的举止和神圣的预言留下了深刻的印象。

语言描写

太阳神的子女在传授人们本领，教人们怎样过上像样的生活。

“让我们教你们怎样过上好一点的生活吧，”太阳神的子女宣布说，“让我们教你们怎样盖房，怎样缝衣服，怎样饲养牲畜和种植谷物。眼下，你们就像野兽一样生活着，让我们教你们像人类一样生活。我们的父亲太阳神教给了我们这些本领，又派我们来传授给你们。”

这块土地上的各族民众相信这两个太阳神的子女，跟随他们走向较为文明的生活方式。待众多人聚集到一起后，曼科·卡帕克和玛玛·奥克洛·华科把人群分成两部分，一部分人负责采集食物，另一部分人学习建造房屋。他们的新生活开始了。

点评

在太阳神的子女的引领下，这里的人们过上了文明的生活。

曼科·卡帕克告诉男人哪些食物有营养，让他们的食物既要有粮食又要有蔬菜；教给他们怎样选择良种，怎样栽培各种植物。这期间，他还教他们怎样制造耕作所必需的工具和设备，怎样从山谷的河渠中引水灌溉。他还教他们怎样做鞋子。与此同时，玛玛·奥克洛·华科则教女人怎样纺纱织布，怎样缝制衣服。

就这样，印加人变成了一个有文化教养的民族。为向他们的伟大施予者和保护者太阳神表示敬意，印加人在曼科·卡帕克和玛玛·奥克洛·华科当初插下金棒、出发召集并教导印加人的小山顶上建造了一座庙宇。印

加人的繁荣兴盛把其他民族也吸引了过来，学习他们的做法。

最后，曼科·卡帕克教给男人怎样制作武器，诸如弓箭、棍棒和长矛等，以便进行自卫，扩大他们的部落。印加人逐步成了一个伟大的民族。

点评

在太阳神的子女的帮助下，印加人逐渐强大起来，成为一个伟大的民族。

我的笔记

名师点评

故事讲述了古时候人们过着野兽般的生活，太阳神让子女曼科·卡帕克和玛玛·奥克洛·华科去帮助人们，教导他们怎样改进生活。最终，曼科·卡帕克和玛玛·奥克洛·华科教会了人们很多本领，引领人们过上了文明的生活。

日积月累

浑浑噩噩　与世隔绝　一丝不挂　无能为力

荒无人烟　草木茂盛

延伸思考

1. 金棒有什么作用？

2. 曼科·卡帕克和玛玛·奥克洛·华科教会了人们哪些本领？

鹿的由来

?文前小问号

鹿这种动物，我们在动物园里经常能见到，而在这个神话故事里，它是由人变成的。究竟是怎么回事呢?

字词释义

觥（gōng）筹交错：酒杯和酒筹交互错杂，形容许多人聚在一起饮酒的热闹情景。“觥”是古代的一种酒器，“筹”是行酒令的筹码。

有一对兄弟，各自成了家，有了孩子，但还住在一起。弟弟贫穷，哥哥富有。贫穷的弟弟经常受到哥哥的白眼和嘲讽。

一次，哥哥大摆宴席，庆祝他小儿子的剃发日。是时，宾客盈门，觥筹交错，非常热闹。正巧，贫穷的弟弟走了进来。一个客人看见了他，便对哥哥说：“那不是你弟弟吗？怎么不叫他过来？”

哥哥看了看他，鄙夷地说：“不！他只是一个

用人。”

弟弟听了，又气愤又难过。想到哥哥当着这么多客人的面瞧不起他，羞辱他，他决心离开哥哥，不再受他的窝囊气。于是，弟弟带着妻子儿女搬出去住，单独过日子。

弟弟一家人的生活极为贫苦。这一天，他像往常一样出去给全家人找吃的。他在山林中钻来钻去也没找到什么，就在山头上的一块石头上坐了下来。这时，他饥肠辘辘，又饿又累，想起一家大小还在等着他，不由得哀叹起自己悲苦的命运来。

“不要悲伤，年轻人，一切都会好起来的。”忽然，石头说起话来，“沿着那条道路一直往前走，你会遇见一个山洞，一个老人正在那里等你。快去吧！”

弟弟按照石头的指示一直走到了洞口，他进去后，一个慈祥的老人看了看他，点点头，送给他一块石头，叫他背回家去，千万不要弄丢了。

弟弟背着石头向家里走去。这时天已黑下来，又刮起风下起了雨，他看不清路在哪里，便在附近找了一个山洞进去躲一躲。他抱着石头在山洞里找了一块干地躺下，但怎么也睡不着。疲劳和饥饿、对家中妻子儿女的挂念，一起涌上心头，他忍不住伤心地落下了泪，又一次悲叹自己的命苦。后来，他迷迷糊糊地睡着了。

读书笔记

语言描写

弟弟的不幸遭遇连石头也为之动容，故事充满了奇特的想象，也从侧面烘托出哥哥的自私无情。

点评

饥寒交迫、走投无路的弟弟在风雨之夜牵挂着家人，他的处境让人心生怜悯。

这时，山洞、草地和他带来的石头聊起天来：“这个人怎么哭得那么伤心啊？”山洞问石头。

“他哭是因为他是个穷人，他富有的哥哥看不起他，还羞辱他。”

“这个不幸的人为什么叹气呢？”草地问。

“因为有钱的哥哥不给他吃的，让他一家忍饥挨饿。”石头回答说。

“他真可怜，我送他一块白玉米饼。”草地说。

“我送他一块紫玉米饼。”山洞紧接着说。

“那我就送他一块黄玉米饼。”石头最后说。

弟弟半夜醒来，发现自己的怀里有三张不同颜色的玉米饼，他立即狼吞虎咽地吃起来。他舍不得都吃完，每张饼子都留了一些，包在包袱里，准备明天带回家去给老婆孩子吃。然后，他躺下呼呼地睡着了。

字词释义

狼吞虎咽：形容吃东西又猛又急的样子。

第二天清早，他拾起包袱准备回家。可包袱沉重得使他提不起来，这是怎么一回事？他打开包袱，惊奇地看到，黄玉米饼变成了金子，白玉米饼变成了银子，紫玉米饼变成了铜。他取出一部分金、银和铜埋在地下，将剩下的拎回家去，和家里人一说，一家人都高兴极了。从此，弟弟的生活好过起来了。

点评

在石头、草地和山洞的帮助下，弟弟一下子富了起来，全家过上了好日子。

哥哥见贫穷的弟弟一下子富有起来，疑心他偷了人家的金银财宝，便扬言要告他。为了洗刷自己的清白，

弟弟把在山上的奇遇说了。

贪心的哥哥一听，眼红得不得了，他也想去碰碰自己的运气，便跑到山上，坐在弟弟坐过的石头上。然后，他按照石头的指示，进了山洞见了老人，老人也给了他一块石头。他背着石头进了弟弟住过的山洞就呼呼地睡着了。

不过，他既没有得到金子，也没有得到银子和铜。就在他睡着的时候，石头在他头上安了有枝丫的角，草地给他披上了带花纹的皮毛，山洞给他装上了一条短短的尾巴。他的模样完全改变了。

点评

弟弟和哥哥得到的东西形成了鲜明的对比，这也是对自私又贪心的哥哥的惩罚。

第二天，贪心的哥哥回到家，家里人全不认识他，他所豢养的几条狗竟围着他凶恶地撕咬。他拼了命才逃走。

他跑到一条小河边想喝一点水解渴时，才惊恐地发现自己已失去了人形，变成了一头鹿。他只得哀伤地钻到山林里，与野兽为伍，再也回不了家了。

名师点评

贫穷的弟弟得到石头的同情，并因此获得了财富，从此过上了好日子，而富有的哥哥却因为贪心，导致自己失去了人形。这个故事用对比的手法，讲述了“鹿”的由来，也意在告诉我们，要做一个善良正直的人，不要贪得无厌。

我的笔记

日积月累

觥筹交错　饥肠辘辘　忍饥挨饿　狼吞虎咽

1. 哥哥为什么会变成鹿？

2. 你从故事中懂得了什么道理？

巴西神话故事

花壳乌龟

文前小问号

从前，有一只好奇心特别强的乌龟。一天夜里，它躺在沙滩上，遥望着天上数不尽的星，忽然非常想到星星上去看一看。最后，它做到了吗?

从前，有一只乌龟。这是一只普普通通的乌龟，就是好奇心特别强。一天夜里，它躺在沙滩上，遥望着天上数不尽的星。

点评 开门见山，交代了乌龟的性格特点，为下文故事的发展做了铺垫。

“星星离我们有多远呢？”乌龟想，“我要是能到星星上去看一看，那该有多好啊！”

乌龟打定主意，要到天上去一趟。可是它太笨了，爬得特别慢。第二天夜里，它朝天上望去，星星离它还是那么远。

这只好奇的乌龟一连爬了三天三夜，但是，通往星星的道路还是没有尽头。它终于筋疲力尽了。它明白了：它永远也爬不到天上去！

点评

“一连爬了三天三夜”，强调了路很长，乌龟看不到尽头。这也使得它明白过来，自己靠爬是上不了天的。

这时候，一只灰色的鹭从它身边飞过。乌龟看到它那雄赳赳的气派，便央求它：“鹭大姐，鹭大姐，你带我上天吧！我想去看看星星，可是我怎么也爬不到那么高。”

“好吧，你骑到我背上来。我带着你飞。”

乌龟高高兴兴地爬到了灰鹭的背上，四个爪子紧紧地揪住它的羽毛。灰鹭就带着它飞上了天。

灰鹭越飞越高。它问乌龟：“现在你还能看见大地吗？”

“能看见，但已经很远了。”

灰鹭又往高处飞了一段，问它：“怎么样，现在你还能看见大地吗？”

乌龟告诉灰鹭，现在已经看不见大地了。这时候，灰鹭发出了狞笑，在天上翻了一个跟斗，便把乌龟摔了下去。

原来，这只灰鹭是巫婆变的，她又凶恶又阴险，乌龟曾经三番五次破坏过她的邪恶计划，她早就存了害死乌龟的念头。

点评

这个过渡句承上启下，既说明了灰鹭的险恶用心，也预示了乌龟即将面临的危机。

不幸的乌龟像块石头一样往下落。它闭上眼睛，嘴

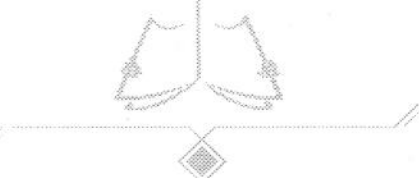

里不住地念叨说：

“我多么想活命啊，

救救我吧，救救我吧，救救我吧！

要是我能活下来，

以后我再也不想看天啦……”

快要落地的时候，乌龟睁开了眼睛，看到了森林和高山。

“石头啊，树啊，快闪开！”它惊慌地喊了起来，“你们如果再不闪开！我就要砸你们啦！”

石头和树木果然闪出了一条路，乌龟扑通一声落在了地上。好在这块地很软，乌龟没有摔死。但是，它背上的大硬壳却碎成了很多块。

点评

在这个神话故事里，乌龟的花壳龟甲是由于它从天而降摔碎形成的。

知识拓展

过渡句指的是一个句子承接或总结上面的内容，同时提示或领起下面的内容。过渡句是一种常见的句式，一般出现在两个内容的接驳处，起到承上启下的作用。

延伸思考

1. 乌龟是怎样飞到天上去的？

2. 灰鹭为什么要害乌龟？

我的笔记

人的诞生

文前小问号

人是怎样来到地球上的呢？早在印第安人的祖先那里，就口口相传着这样一个故事……

设问

开篇即以设问的形式提出问题，从而引起读者的阅读兴趣。

比喻

把“巨大的闪电”比作“大手”，形象生动地写出了雷电交加时的恐怖场景。

人是怎样来到地球上的呢？早在印第安人的祖先那里，就口口相传着这样一个故事：

好久好久以前的一天，天空忽然响起了阵阵雷声，声音很响亮也很可怕。地面上的动物都吓得四处躲藏，有的躲在大树下，有的躲进了自己窝里。

突然，又响起一声炸雷，一道巨大的闪电在空中闪现，像一把大手将天空中的云雾撕开了一个口子，鲜血似从天上渗了出来，凝结起来，遮住了闪电的光辉，就成了我们今天所能看到的云霞，血红血红的。

到了第二天，血壳脱落了，一块一块地掉在地上、森林中。这些血块和地上的泥土混在一起，就变成了一个个其他动物从来没有见过的、模样很奇怪的动物。森林里的动物们一见，都跑出来看，但它们都有点怕，不敢马上围住那些怪物。后来，这些怪模怪样的动物开始用双腿走路，慢慢地变成了人。

这些人挤在一块，大家都很紧张，不知该怎么办。他们你看着我，我看着你，互相交谈着。大家觉得很亲切，就一同进了一个大山洞里，准备在那里过夜。但那时的人们还没有学会睡觉，他们躲进山洞，不过是为了不受其他动物的侵袭罢了。因为人出现后，动物便觉得来了敌人，开始和人类对着干了，有些猛兽还想以人为食。

他们在山洞里躲过一夜后，天一亮就出来了。他们看见了天空中的太阳，都高兴坏了。因为他们以前还没有见过这样一个圆圆的、红红的、非常美丽的东西。他们又是跳又是唱，庆贺自己的诞生。他们对地面上的一切都很感兴趣。看见鸟儿在树上又跳又叫，就觉得奇怪；看见各种各样的植物，如树啊，草啊，就觉得好玩。他们最喜欢的就是哗哗响的小河里的水。他们走上去，跳进了小河，打水仗玩，捉鱼虾，好不热闹。周围也有一些小动物愿意和他们在一块儿玩。很快，他们就和这些

读书笔记

点评

人类一诞生，就面临着危机。

场面描写

写出了人类从山洞中出来后，看到各种新奇又美好的景象和事物时的愉悦之情。

小动物交上了朋友。

点评

这个转折句承接了上文，虽然人类走出山洞看到了精彩美丽的世界，却不敢进入不熟悉的山林，他们怕遇到猛兽。

但是，他们都很小心，还不敢进入那些他们不熟悉的山林里去，他们怕遇见那些凶恶的大猛兽。因为昨天就有好几个人被猛兽咬死了。他们只是在树林的边缘和草丛里散步、游玩。但到了中午，他们有了一种异样的感觉，浑身疲倦，非常难受。同时，他们听见自己肚子里咕咕地叫了起来。这是怎么回事啊？

当时，他们还不明白这是肚子饿了。知道以后，才明白肚子饿就得吃点东西。但吃点什么呢？他们什么吃的也找不到，你看着我，我看着你，谁也没有办法。

忽然，他们中的一个人发现，在他靠着的大树上，有一群鸟儿在那里跳来跳去。他睁大了眼睛，看见这些鸟在不停地啄食着长在树上的一个个黄绿色的椭圆的东西。他高兴地站了起来，喊了一声。其他的伙伴也看见了寻食的小鸟和那些圆圆的黄东西。于是，他们很快地爬上了树，兴高采烈地采摘着果子。这样，他们学会了吃杧果。慢慢地，他们连别的水果也学会吃了。

点评

人类在适应环境的过程中不断学习和成长。

以后，他们又学会了睡觉。只要感觉身子困乏，就躺下来睡一会儿。不过，当时他们还不知道睡觉时要合上眼睛，天上的一个叫迪娅姆的女神用人们看不见的手指，替他们合上了眼皮。这之后，他们就懂得合上眼皮睡觉了。

他们开始学习各种各样的本领。他们用河水与井水洗澡，讲卫生了；他们学会了制造弓箭对付野兽；他们发现了火，学会了用火来烤肉吃，觉得熟食比生食好吃多了。

就这样，他们学会了种种本事，开始组建了部落，也学会了耕种土地等生产方式。

点评

总结全文，人类学会了种种本领，开始了部落生活。

我的笔记

知识拓展

转折句的作用：①解释说明；②话题的转换；③语意的跃进；④时间或声音的延续，统领下文。

日积月累

口口相传　成千上万　怪模怪样

延伸思考

1. 人类是如何诞生的？

2. 人类诞生以后，学会了哪些本领？

哥伦比亚神话故事

美丽天竹

文前小问号

印第安人准备在一片新出现的土地上开垦荒地、种植粮食的时候，他们发现在湖泊最低洼的地方，孤零零地长着一株天竹。一个印第安人随手摘下了一片叶子，叶子的断口处立即流出了如同人血的鲜红的汁液。他们明白了，这株天竹正是当年那个痛失爱子的年轻母亲变成的。接下来，他们做了什么决定呢？？

在一座山的半山腰，有一间破旧的茅屋，茅屋里住着一个印第安老妈妈和她年轻美丽的独生女儿。

老妈妈对女儿管得很严，只许女儿和同性来往，不准她和任何男子接触。白天，她寸步不离地守着女儿；晚上，她让女儿睡在一间防护得很严的小房间里。小房间连着一条狭小的长廊，要经过几道门才能进入长廊，

点评

这里通过一系列具体的措施，可以看出老妈妈对女儿管得很严。

几道门都上了锁，钥匙掌握在老妈妈手里。只有在收获季节的晚上，姑娘出来劳动，人们才有机会一睹她的芳容。，但那也是在老妈妈严厉目光的监视下。

许多青年仰慕姑娘的美丽和可爱，都想娶这姑娘为妻。可是，他们谁也不敢向姑娘表露心意，更不敢冒昧地向老妈妈提亲，他们怕看到老妈妈那张严厉吓人的脸。

但是，爱情关是关不住的。姑娘偷偷地爱上了一个英俊魁梧的青年。这个青年是天神挑选出来的。他能够随心所欲地变化，有时变成猫跳进围墙，有时变成一条细蛇从门缝里钻进房内。因此，他能长期不断地和姑娘幽会，赢得姑娘的芳心。他们的爱情如火一样炽热，如蜜一样甜美。这一切老妈妈全然不知。她还以为女儿被关在密闭的房里，万无一失呢。

比喻

生动形象地写出了姑娘和青年之间爱情的炽热和甜美。

不久以后，爱情有了果实。姑娘怀了孕，生下一个孩子。老妈妈又生气又愤怒，但生米已成熟饭，老妈妈也无可奈何了。

年轻的母亲非常疼爱孩子，她亲自喂奶，照料孩子，不许别人碰。

一天，年轻的母亲有急事要出去。她把孩子用衣服裹紧，放在吊床上。临行前，她对老妈妈说："妈妈，你就让孩子躺在吊床上。哭了也不要抱他，更不要把裹着

语言描写

这是年轻的母亲的嘱托，暗示着如果不按照她说的做，就很可能发生意外。

的衣服解开，千万千万记住。”

年轻的母亲走后，孩子先乖乖地在吊床上躺了一会儿，不久就哭了起来，越哭越厉害。老妈妈摇动吊床，唱着摇篮曲，但她怎么哄也不行。老妈妈没有办法，只得把孩子抱起来，拍着晃着走到门口，让他吹吹风，凉快凉快。孩子哭得满头是汗，老妈妈又把他的衣服解开，想让他松松身子，舒服一些。

慢慢地，孩子停止了呜咽，不哭了。可就在这时，发生了让人意想不到的事情：孩子忽然变成了一条蛇，钻出衣服，从老人的怀里滑了出来，游到屋外的草丛中，不一会儿就不见踪影了。

老妈妈惊恐万状，她不明白为什么会发生这种变化。想起女儿临走前的嘱咐，她心中又焦急又害怕，不知道如何向女儿交代。

黄昏的时候，年轻的母亲回来了。她急忙奔到吊床边想给孩子哺乳，可是吊床空空的。她惊恐地问老妈妈：“孩子呢？”老妈妈哆哆嗦嗦地把发生的事情说了。

年轻的母亲心里一沉，默默无语。过了一会儿，她叹了一口气，自言自语地说：“既然如此，就这样吧。”说完，她转身走出屋外，躺在院子中央，面朝天，嘴角勾起了一丝奇异的微笑。

慢慢地，从年轻的母亲身上的每一个毛孔里，喷出

读书笔记

心理描写

展现出老妈妈此时焦急、害怕却又茫然无措的心理活动。

神态描写

最担心的事情发生了，年轻的母亲先前还默默无语，这时为什么会“嘴角勾起了一丝奇异的微笑”呢？

了一股股泉水。泉水清澈明亮，犹如玻璃或水银一样。泉水畅流不止，渐渐把这一个地区的所有洼地都淹没了，形成了一个巨大的湖泊。只有几株巨大的老榕树站在高坡上，目睹着这奇异的变化。

很多很多年过去了。一天，几个瓜姆比亚男子来到这个地方，他们打量了一下湖泊，想把湖水排干，在这里开凿一条运河。

经过艰苦的努力，河挖成了，湖水顺着运河流了出去，山谷、平原、溪涧又重新出现了。土地更加肥沃，气候更加宜人。印第安人准备在这新出现的土地上开垦荒地、种植粮食的时候，他们发现在湖泊最低洼的地方，孤零零地长着一株天竹。天竹枝叶繁茂，俏丽挺拔。他们从来没见过这么美丽可爱的植物，都围上来欣赏着、赞叹着、抚摸着这翠绿的枝叶。

点评

这株“枝叶繁茂”“俏丽挺拔”的天竹，为什么会孤零零地长在湖泊最低洼的地方呢？

一个印第安人随手摘下了一片叶子，叶子的断口处立即流出了如同人血的鲜红的汁液。人们非常惊讶，再摘一片，又流出了鲜红的血汁。

“别再伤害它了！”许多印第安人阻止了这种行为。他们明白了，这株天竹是那年轻的母亲的身体变成的。

点评

原来，这株身体里流淌着“鲜红的血汁”的天竹是那位年轻的妈妈变成的。

从此以后，这株美丽的天竹得到了印第安人的精心护卫，任何人不准随便地走近它，伤害它。

我的笔记

日积月累

寸步不离　随心所欲　英俊魁梧　全然不知

万无一失　惊恐万状　哆哆嗦嗦　自言自语

拓展训练

严厉吓人的（　　）　英俊魁梧的（　　）

意想不到的（　　）　美丽可爱的（　　）

翠绿的（　　）　鲜红的（　　）

延伸思考

1. 年轻的母亲失去孩子后怎么样了？

2. 天竹与年轻的母亲有什么关系？

蚂蚁妻子

?文前小问号

很久以前，在深山老林的一座茅屋里，住着一个青年和他的母亲。一天夜晚，青年正在河边捕鱼，忽然听见一个女人的喊声。到底发生了什么事？青年和那个女人成为夫妻后，青年为什么又变心了？

很久以前，在深山老林的一座茅屋里，住着一个青年和他的母亲。一天夜晚，青年正在河边捕鱼，忽然听见一个女人的喊声。青年直起身来想看看究竟，就见一头箭猪向他这边快速奔来。青年吓了一跳，赶忙跳入水中躲了起来。箭猪很快就跑走了，青年从水中出来，收拾渔具回家。但是，那使他摆脱危险的甜蜜的女人的声

点评

未见其形，先闻其声，女孩的声音打动了青年，同时引起了下文。

音，一直在他耳边响着。

第二天清早，他又来到了河边。他希望能再听到那甜蜜的女人的声音。突然，河水哗哗地响了起来。他定睛一看，只见从水中缓慢地走出一个美如仙子的印第安女子。

点评

那帮助青年摆脱危险的女人，不仅有着甜蜜的声音，还有着非凡的美貌。

女子对青年说："你天天到河边捕鱼，我早就认识你了。你愿意跟我一块儿到我家去吗？"

青年见她从水中出来，有些害怕，但女子那非凡的美貌吸引了他，他便说："还是你到我家来吧。"

女子爽快地答应了。临走时，她对青年说："你用山花泡上水把身体洗干净，晚上，我就到你家去做你的妻子。"

青年高高兴兴地回到了家，把遇到的事情告诉了他的母亲。母亲正为儿子大了要娶媳妇犯愁呢，一听这话，当然非常高兴。青年按照女子的要求洗了一个澡，便静静地在家中等候。

半夜的时候，女子果真来了。他们欢欢喜喜地在深山老林的茅屋里成了亲。可是青年的母亲看不见女子，她问青年："姑娘呢，我怎么没看见？"

语言描写

通过母子间的对话可以看出，如果不是"用山花泡上水把身体洗干净"，就看不到女人。暗示了女人的来历不寻常。

"在这儿呢，你看！"青年指着女子说。

"我还是看不见。"

这时，青年问女子："你的家在哪里？为什么我的母

亲看不见你？”

女子告诉他：“我的家在很远的地方，是一个人丁兴旺的大家族。你的母亲只要像你一样用山花泡水洗个澡，就能看见我了。”

青年的母亲照她说的做了，果然看见了自己俊美的媳妇。年轻媳妇不仅美丽，还很勤劳。她洗衣、烧饭，帮着丈夫种植庄稼和蔬菜。

> **点评**
> 概括地写出了年轻媳妇的美好品质：不仅美丽，还很勤劳。

每当她在田间劳动的时候，一群群的蚂蚁便跑来帮忙，它们疏松土地，除去杂草，吃掉害虫，使庄稼和蔬菜长得非常壮实。不久，年轻媳妇怀孕了，十个月后，她生了个胖儿子。后来，她又生了两个儿子。一家六口人过着和美幸福的日子。

> **点评**
> 青年一家过上了幸福美好的生活。

可是，青年在一次外出时，结识了一个女人，便和她相好了，久久不愿回自己家。他的母亲和妻子都很生气，便带着孩子们离开茅屋，搬到了年轻媳妇的家乡。年轻媳妇家的村庄很大、很奇特，房屋都盖在粗壮结实的树干上。

> **点评**
> 故事的发展方向发生转变，青年变了心，抛弃了妻儿。

过了一阵子，青年的母亲怀念自己的小茅屋，也不放心她那个不成器的儿子。但是，年轻媳妇不愿回去，她决心在家乡住下。青年的母亲便带着孙子们回去了。临走时，她在那儿插了一根木棍作为标记。

青年的母亲回到了自己的茅屋。不料，青年也在里

面。他一见到母亲，就急急地问："我妻子呢？"

"她回自己的家乡去了。她不愿意回来，你太伤她的心了。"母亲说。

"我现在对我的过失非常后悔。她是个好妻子，我是爱她的。我要把她找回来，跟她生活在一起。妈妈，你带我到她那儿去吧。"青年悔恨万分地恳求说。

母亲同意了。他们一起上了路，来到老人熟悉的地方，找到了作为标记的那根棍子。可是，村庄不见了，连一间房屋也没有。母亲拍着木棍说：

"没错，肯定是这儿。真奇怪，村庄、房子怎么不见了？"

他们四处寻找着、搜索着，还是不见一个人的踪影。母亲便回家去了。青年不死心，继续留在这里。他又悔恨又焦急，痛苦地哭泣着，呼唤着妻子。

终于，他听到了从地底下发出的一个声音："回家去吧。是你抛弃了我，我是不会和你一块儿回去的。"正是妻子那熟悉的甜蜜的声音。

青年又惊又喜，他趴在地上大声地说；"是我错了，我来请你原谅，请你和我一起回去吧。至少，让我见你一面，向你道歉。"

"不用了，我们已经不可能了。你走吧。"说完，地底下就再也听不见声音了。

读书笔记

语言描写

村庄、房子随着年轻媳妇一起消失了，到底发生了什么事呢？

语言描写

从妻子决绝的话语，可以看出她已经被伤透了心。

点评

妻子的真实身份终于揭晓。

青年拿起木棍向发出声音的地面挖去，只见从地下的洞里钻出来一群蚂蚁，对他高声喊道："回去吧！走吧！晚了。"说完，蚂蚁群钻进草丛中，转眼就不见了。

青年又悔恨又失望地回家了。他路过当年他和妻子亲手开垦、种植的玉米地和菜园时，只见曾帮助过他们照料庄稼和菜地的蚂蚁群，正在捣毁粗壮的玉米和绿油油的蔬菜。

这一年，他们什么收获也没有。老母亲和三个孩子相继饿死。剩下他一个人孤零零的，悲伤而愁苦地生活着。

我的笔记

拓展训练

哗哗地（　　）　　爽快地（　　）

悔恨万分地（　　）　　非凡的（　　）

俊美的（　　）　　甜蜜的（　　）

延伸思考

1. 青年与年轻媳妇如何走到一起的？

2. 青年抛弃妻儿，遭到了什么报应？

危地马拉神话故事

创世主们

?文前小问号

万物之初，唯有上方的天和下方的大海存在于永恒的黑夜之中，一片平静和沉寂。于是，创世主们陆续创造了很多生物。创世主们居住在哪里？

万物之初，唯有上方的天和下方的大海存在于永恒的黑夜之中，一片平静和沉寂，因为存在的任何物体都不能移动或发出声响。大地的地面还有待于从水中升起；草木、石头、洞穴、沟壑、鸟兽鱼虾以及人类还有待于创造。没有任何东西能咆哮或哼唧，没有任何东西能歌唱或鸣叫，没有任何东西能奔跑或摇晃，因为除了空寂的天空和宁静的大海外，一无所有。

环境描写

万物之初的世界，除了天空和大海，一无所有，这里介绍了故事发生的背景。

深藏在海底、有着绿色或蓝色羽毛的人就是创世主们。这些伟大的思想家独自生存在宇宙中，独自生存在永恒的黑夜中，一起在水中轻声议论着。他们共同决定着未来：共同决定当大地升出海面，最早的人类和其他形式生命出世后，将以什么形式维持生命；共同决定黎明将何时给世界注满晨曦。

语言描写

创世主们开始创造世界了。

“让创造开始吧！”创世主们高声说道，“让空中布满物体！让海水退却，露出大地！大地，升起来吧！就这么办！”

就这样，他们创造了世界。高山峡谷从大海中升了起来，松柏在肥沃的土壤中扎了根，淡水沿着山坡和山谷奔流而下。

反复

这句话在故事中多次出现，突出了创世主们的极端自信和追求完美，而正因为如此，情节才得以不断发展下去。

创世主们感到心满意足。“是我们构想和设计的，”他们说，“而且我们的创造物完美无缺！”

说完，创世主们问道：“难道我们在我们创造的大树下需要的仅仅是沉寂？让我们创造野兽、飞禽和蛇吧。就这么办！”

于是，他们创造了野兽、飞禽和蛇。

“你们，鹿，将用四条腿行走，出没于灌丛中和草原上。你们将在森林里繁衍，睡在沟谷的背阴处和河岸的田地里。你们，鸟儿，将住在树枝间和葡萄架上，在那儿做窝垒巢，生息繁殖。”鹿和飞禽得到了命令，并且遵嘱去做了。

创世主们感到心满意足。“是我们构想和设计的，”他们说，“而且我们的创造物完美无缺！”

接着，创世主们又要求他们创造出来的生物奉献更多的东西。“说吧，叫吧，喊吧，各尽其能。叫我们的名字，颂扬并爱戴我们吧。”

语言描写

创世主们创造出生物，也要求这些生物赞颂并爱戴他们。

可是这一切，飞禽和走兽都无能为力。它们可以怒吼咆哮，叽叽喳喳，可就是无法叫出创世主们的名字。

创世主们对他们创造的这些生物感到有些失望。他们对它们说：“我们不打算拿走我们已经给予你们的东西。不过，由于你们不能颂扬和爱戴我们，我们将创造能够这样做的其他生命。这些新生物将优于你们，将统治你们。他们将把你们撕得稀巴烂，吃你们的肉，这就是你们的命运。就这么办！”

于是，他们创造了新的生物。创世主们决定创造一种会歌颂并爱戴他们的、顺从而又恭敬的生物。起初，他们用泥土塑造它。但是，这种材料太软，塑造出来的生物软弱无力。它虽然可以说话，却没有脑筋给它所说的话赋予任何意义。而且，它的体内没有灵魂。

“泥土塑造的生物决不能生息繁衍！”创世主们嚷道。于是，他们毁灭了这种生物。

语言描写

创世主们在创造中不断地完善着生物。

接下来，创世主们试图用木头雕刻他们的新生物。“这种材料看来恰到好处，它既硬又结实，”他们说，“这些木头生物的相貌和语言都像人类。让我们多造些这样的生物吧。就这么办！”

木头生物生息繁衍着，却没有脑筋给它们所说的话赋予任何意义。而且，它们的体内没有灵魂，脸上毫无生气，手脚虚弱无力。它们的肌肉又黄又枯萎，表皮下没有脉搏输送血液来滋养肌肉。它们手脚并用，毫无目的地四处游荡，全然不念及创造它们的创世主们。

“木头塑造的生物并不很理想，不能生息繁衍！”创世主们叫道。于是，他们决定毁灭这些木头生物。

点评

创世主们不断地尝试，试图创造出完美无缺的生物。

创世主们在天空聚集起了具有摧毁力的大洪水，泄向大地，冲击着木头生物的身体，把它们像树木一样推倒在地。接着，一只老鹰飞降到它们身上，抠下它们的眼睛；一只蝙蝠落到它们身上，咬下了它们的脑袋；一只美洲豹扑到它们身上，踩断了它们的骨头。大地笼罩在黑暗之中，一场黑雨无休无止地倾注而下。

一旦木头生物丧失了气力，它们便被一群敌人包围了起来。大大小小的野兽向它们发起了攻击。棍棒、石头一起朝它们袭来。曾经受饥挨饿并遭它们辱骂的狗，此刻用利齿狠咬它们的脸；曾经被它们用来研磨东西的石块，此刻在研磨它们。

读书笔记

木头生物为了生存奋不顾身地搏斗着，试图爬上它们的屋顶，可是房屋坍塌了，把它们抛回到地上；它们

试图爬上树干，在树枝间寻个安全之地，可是大树把它们晃落下来，摔到了地上；它们试图钻进洞穴，可是洞穴关闭了入口，拒绝让它们避难。

场面描写

生动具体地表现出木头生物是如何为了生存奋不顾身地抗争的。

几乎所有木头生物都遭到了毁灭。残存下来的不是破了脸就是伤了下巴，它们的子嗣便是猴子。

点评

介绍了猴子的由来。

创世主们又聚集在黑暗的夜晚中合谋相商。其时，天空还未出现太阳、月亮和星辰。“让我们再度尝试创造一些会歌颂并爱戴我们的生物吧。就这么办！为了让高尚的生物居住在大地上，让我们寻找可以用来塑造高尚动物的材料吧。”

这时，四只野兽——山猫、郊狼、乌鸦和一只小鹦鹉——来到创世主们面前，告诉他们附近茂密地生长着黄谷穗和白谷穗。创世主们踏上野兽给他们指引的路，他们寻到了谷穗，把谷穗研碎，打算用这种食物塑造高尚的生物。“就这么办！”他们说。

于是，他们创造了更为高尚的生物。

就这样，四个最早的人类祖先被创造了出来。创世主们用谷粉制作他们的身躯，用研碎的黄谷粉和白谷粉酿成酒，供新生物饮用，让他们长得身强力壮。

点评

更为高尚的生物——四个最早的人类祖先被创造了出来。这一次，创世主们是否真的心满意足了呢？

创世主们感到心满意足。“是我们构想和设计的，”他们说，“而且我们的创造物完美无缺！”

这四个始祖相貌和言谈跟人类一样。他们不但富有吸引力，聪明理智，而且能看得很远很远。在他们的眼中，高山深谷、森林草地、海洋湖泊、脚下的大地和头上的天空，无不显示出其本来面目。

四个始祖看到了世界上可以看到的一切。他们非常欣赏他们所见之物，并为此感谢他们的创世主。“我们感谢你们创造了我们，”他们说，“我们感谢你们给了我们视听、说话、思考和行走的能力。我们能够看出什么大什么小、什么近什么远。我们无所不知，我们为此感谢你们！”

语言描写

四个始祖的这番话既表达了对创世主们的感激之情，又表明他们已经拥有了非凡的知识与智慧。

创世主们不再高兴了。“难道我们创造的生物超出了我们本来的意愿？难道他们太完美无缺了？”他们互相问道，“难道我们把他们创造得这般博学和精明，竟使他们和我们自己一样成为神明？我们是否该限制他们的视觉和思维，让他们看得少一点，知道得少一点？就这么办！”

反问

连用三个反问句，语气强烈，强调了创世主们对四个始祖的不满。

创世主们如此这般说道，随即改变了他们创造的生物。创世主们把迷雾吹进那些生物的眼中，让他们只能看到近处的东西。同时，创业主们毁灭了四个人类始祖原先拥有的知识与智慧。

创世主们以此办法创造了我们的始祖后，说：“现在，再让我们小心谨慎地为始祖创造配偶。让他们的妻子睡觉时走到他们身边，等他们睡醒后给他们带去欢乐。就

这么办！”

神明如此这般创造了始祖们的配偶。

创世主们感到心满意足。“是我们构想并设计的，”他们说，“而且我们的创造物完美无缺！”

事情就这样发生了，创世主们创造出了更多的和男女始祖一样的人类。他们在黑暗中生息繁衍，因为这时创世主们还未创造出任何一种光源，既没有太阳，也没有月亮和星辰。这些人成群地聚居在东方，有浅肤色人也有深肤色人，有富人也有穷人，他们各自操着不同的语言。

他们没有塑造神像，却铭记着他们的创世主。他们仰面朝天，恭敬地祈祷道：“啊，创世主们！和我们在一起，倾听我们的祷告吧！让世上出现光！让世上出现黎明！让世上出现白昼！让黎明给世上布满晨曦，让太阳跟随着黎明！只要太阳在天空照耀，给每一天带来光明，就请你们许给我们子女，以延续我们的民族！赐给我们美好、有益、幸福的生活，赐给我们安宁！”

人们齐声祈祷着，恳请太阳升起，用金色的光芒照耀创世主们创造的生灵的足迹。

“就这样办！”创世主们说，“让世上出现光！在宇宙的黎明中，让晨光照耀我们创造的一切！因为是我们构想和设计的，而且我们的创造物完美无缺！”

读书笔记

语言描写

这里使用了一系列感叹句，起到了强调的作用。表达了人类渴望光明和美好生活的愿望。

语言描写

创世主们的这番话与上文人类的祷告相呼应。

就这样，他们创造了太阳。太阳从水中升起，把金色的光芒洒向大地。野兽和人类无不因此而快乐。大大小小的野兽从幽暗、阴凉的深谷中和河岸边站立起来，把脸转向冉冉升起的太阳。老虎和狮子在咆哮，蛇在咝咝作响。鸟儿展开翅膀，引吭高歌。人类围绕着焚香献祭的祭司欣然起舞。

点评

创世主们创造的太阳照亮了大地，使大地变得尽善尽美。

这一切都是因为创世主们用阳光照亮了大地，使大地变得尽善尽美。

知识拓展

反问句就是用反问的语气，表达肯定的观点。反问句表面看来是疑问的形式，但实际上表达的是肯定的意思，答案就在问句之中。

我的笔记

1. 造物主们创造了哪些生物？

2. 造物主们创造的生物真的像他们说的那样，都是完美无缺的吗？

玻利维亚神话故事

魔鬼造桥

文前小问号

勤劳能干的穷小伙卡尔卡和一个美丽的姑娘相爱了，却遭到了姑娘父亲的反对。于是，他们约定以一年为期，小伙子如果取得了求婚所需的财产和地位，就可以迎娶美丽的姑娘。最后，卡尔卡有没有达成目标呢？

从前，在通往首都波托西的路上，有一个叫约加拉的村落。这个小村落坐落在一条深邃、陡峭的峡谷旁，这条峡谷也叫约加拉。村外流淌着一条叫比尔科马约的河，约加拉峡谷是这条河的源头。

约加拉村有个名叫卡尔卡的印第安人，二十四岁，聪明机智，正直勤劳，干起活来十分勤快，大家都很喜

点评

卡尔卡聪明机智，正直勤劳，是个出色的青年，但是很贫穷。这为下文故事的发展做了铺垫。

欢他。可是，他辛辛苦苦得来的劳动成果全归了当时的西班牙人，他穷得只能住在破烂的茅屋里，没有家具，也没有牲口。

村子里还住着一位库拉卡，他拥有一些财产。“库拉卡”是首领的意思，属于小贵族。当时，西班牙人允许印第安人的首领拥有几百只羊、几头牛，占有一部分土地。这足以使库拉卡们免受贫穷。面对贫穷的印第安人，这些佃农需要保持必要的权威。

这个库拉卡有一个非常美丽的女儿，正是十六岁花季的年龄。丰满的胸脯，细细的腰肢，柔软的肩膀，浑身散发着迷人的魅力。她的圣洁秀美的脸庞上，闪耀着一对含情脉脉的大眼睛，在长长的、弯弯的眉毛衬托下，犹如两颗明亮的星星，顾盼神飞，摄人魂魄。因为这对美丽的大眼睛，村里人都叫她恰斯卡，这名字是晨星的意思。

村里没有一个青年不对恰斯卡仰慕倾心，都想得到她的爱情。可是，姑娘举止端庄、作风正派，使得那些青年望而却步。只有卡尔卡例外。卡尔卡早爱上了她，她也爱上了卡尔卡。他们二人心心相印，感情炽烈，誓愿结成终身伴侣。卡尔卡准备不顾一切娶她为妻。

恰斯卡的父亲库拉卡是个有地位的人。平时，他傲气凌人，从不和穷人交往。村子里的穷人——一村子都

读书笔记

外貌描写

通过对女孩外貌的描写，突出了她的动人魅力。

点评

突出了恰斯卡的父亲库拉卡傲气凌人、嫌贫爱富的性格，也正因为如此，他反对女儿和贫穷的卡尔卡在一起。

是穷人，没有一个敢踏进他家的大门。只有村外的西班牙人和几个富有的混血儿受到他的接待。村子里的人对他十分畏惧，都敬而远之。

但是，爱情的力量是强大的，它能冲破一切障碍和阻挡。这天，卡尔卡来到库拉卡家，恳求库拉卡把恰斯卡嫁给他，因为他俩真心相爱，不能分开。他说话时声音颤抖，非常激动。

库拉卡以鄙夷、讥讽的口吻说："就凭你这样也想娶我的女儿？你的勇气令我佩服，我也听人家说你是个聪明能干的小伙子。不过，恰斯卡是我的掌上明珠，她在家里吃的是美味佳肴，穿的是上等服装，日子过得舒舒服服。请问，你拿什么来养活我的女儿，使她过上好日子？告诉你吧，她只能嫁给有财产、有地位的人，而不是像你这样一无所有的穷人。"

语言描写
表现了库拉卡的傲慢和对卡尔卡的轻视。

"不，老爷，请给我一年的期限。在这段时间里，我一定能取得你所要求的财产和地位，有资格来娶你的女儿。如果到了期限，我一事无成，我再请你随便处置恰斯卡的婚事吧。不过，你一定要等我一年。"卡尔卡坚决地请求着说。库拉卡思索了一下，答应了。他想，这只不过是卡尔卡一厢情愿的美好愿望罢了，它是不可能实现的。

语言描写
卡尔卡的回答，表现出他对恰斯卡的一片深情和对自己能力的信心。

卡尔卡走了，他告别了美丽的姑娘就离开了村庄，

到谁也不知道的远方去了。

恰斯卡和爱人达成了默契，她忍受着暂时别离的痛苦，坚贞地等待着他的归来。

然而，追求恰斯卡的人在这时纷纷行动。他们或自己登门，或请媒人婉转说合，都想和这位美丽的姑娘缔结良缘。这使恰斯卡非常痛苦，常常以泪洗面，思念着她的卡尔卡。

点评

无论是从血统、地位还是财产来看，市长的儿子都是恰斯卡父母心目中理想的女婿。

求婚人中有一个是市长的儿子，他英俊潇洒、风度翩翩，有着很好的文化教养，是个受人尊敬的青年。在恰斯卡父母的眼里，无论是从血统、地位还是财产来看，他是唯一配当他们女婿的人。

但是，库拉卡像所有的印第安人一样，是恪守信用的。他没有忘却自己许下的诺言而把恰斯卡贸然嫁出去。但诺言并不能成为拒绝新的求婚者的阻碍。他让市长的儿子频繁地出入家门，自己也寻找种种借口，把年轻人带到家里和恰斯卡见面。

点评

库拉卡笃信卡尔卡注定要失败，自己的女儿终将嫁给市长的儿子。

恰斯卡对此非常厌烦，常借故躲避和青年见面。若是慑于父亲压力和面子不得不应酬一下，态度也非常冷漠。库拉卡却乐此不疲，他笃信卡尔卡注定要失败。因为一个印第安人要在一年之内发财致富，取得一定的地位是绝对不可能的，即使十年、二十年也不行。因此，市长向他提两家联姻的事时，虽然他没有马上答应，也

没有征得恰斯卡的同意，但他仍表示等期限一到就举行婚礼。

光阴荏苒，转眼到了期限的最后一个月，当事的人们各自怀着不同的心情在数算着岁月的流逝：恰斯卡盼望心上人在最后几天满载着金钱和荣誉返回家乡；市长的儿子憧憬着不久将得到他渴望已久的美丽新娘；库拉卡和市长都希望期限一到，或过了期限，卡尔卡不再出现。两家已开始为准备婚事而忙碌了。

那么，卡尔卡呢？他现在怎么样了？原来，他离开村庄后，来到了西班牙人办的盐矿。盐矿离约加拉有三百多里。凭着卡尔卡的勤劳、诚实和非凡的指挥才干，他很快获得了矿主的信任。在第十一个月，他十分荣幸地获得了库拉卡所要求的头衔和财富。

卡尔卡没有辜负恰斯卡的期望，他带了足够的金钱，手持着库拉卡的标志——由无数个大小金银戒指装饰而成的拐杖，动身回乡了，准备在和他爱人的父亲约定的期限内出现，迎娶恰斯卡。

然而，天不遂人愿，他赶上了雨季。途中接连不断的暴雨，使道路常被冲断。卡尔卡不得不跋涉深深的水沟，踏着泥泞的小路，爬过崎岖湿滑的山坡。这使得他一路上越走越慢，尽管昼夜不停地赶路，但他到达比尔科马约河边的时候，期限只剩下最后一天了。

读书笔记

点评

卡尔卡在约定的期限内获得了恰斯卡的父亲所要求的财富和地位，他终于可以迎娶心上人了。

点评

回乡的路途波折不断，好事多磨。

环境描写

连日的暴雨导致河水猛涨，情况越来越糟。

在平常，他只需涉水过去，要不了多久就能到达约加拉村。可现在不同了，连绵不断的雨水使河水猛涨，河水呼啸着翻腾起来，卷起了滚滚的旋涡，浊浪无情地冲击着两岸。在奔腾的河流里，漂浮着被连根拔起的大树、淹死的牲畜……而瓢泼大雨还在猛烈地下着。卡尔卡心急如焚，不知如何才能渡过河去。即使想奋不顾身地跳入水中，也很有可能葬身于滔滔的大水之中。

反问

这里一连用了三个反问句，表达了卡尔卡此时内心强烈的不甘和想要如期回乡的迫切心情。

面对滚滚的大河，卡尔卡一筹莫展。他想起了在恰斯卡家求婚那天，临走时库拉卡对他的不屑与嘲笑。如今，他手里拿着华贵的库拉卡拐杖，带着足够买十头牛和一整栏绵羊的钱。美丽的恰斯卡就在对岸焦急地等待着他的归来，他却被这条凶猛的大河无情地阻碍在另一方。难道他所受的千种辛苦、他所做的万般努力，都将付诸流水吗？难道他为了炽烈爱情而经历的曲折和磨难还将继续吗？难道这该死的大河就这样毁掉一对有情人的幸福吗？

焦急之中，他抬起头向他所信奉的天神求助。他仰面朝天，举起双手，祈求天神快点让雨停下，让河水退去，好让他跋涉而过。他的祷词如泣如诉、恳切虔诚、真挚动人，能使铁石软化。可是，天神不为之所动。雨下得更大，河水比之前翻腾得更加可怕。

夜幕渐渐降临，黑暗笼罩大地。一道闪电在天际划

过，照亮了远处黑乎乎的山岳，阴森可怖。卡尔卡绝望了，他停止了祈祷，决定丢开天神，转向地狱的魔鬼。他想，既然天神不理睬我的请求，只有请魔鬼帮忙了。

就在这个念头刚闪过的刹那间，他猛地觉得有一只手搭在了他的肩膀上。这只手的温度像火一般烫人，散发着一股呛人的硫黄味。魔鬼来了。

“你需要我，我来了。我可以满足你的一切要求。但是，事成后，你要把灵魂交给我。”魔鬼幽幽地说。

语言描写

虽然魔鬼可以满足卡尔卡的要求，但卡尔卡为此要付出灵魂的代价。

卡尔卡向魔鬼讲了自己的处境，要求魔鬼立即在河上架起一座桥。魔鬼答应了。他们商定：桥必须在黎明鸡叫前架好，卡尔卡的灵魂归魔鬼所有，否则，协定无效。魔鬼怕卡尔卡后悔，他仿效律师和法官，马上写了一份灵魂契约，并签了字。卡尔卡不识字，他咬破手指，用血在契约上画了一个十字。

魔鬼对这项交易十分满意，马上着手建桥。他使用魔力，在短短几个钟头内就搬动整座大山，凿好了一块块石板，拌好了石灰，打好了地基，筑起了桥洞……

看到魔鬼架桥的飞快进程，冷静下来的卡尔卡反复思考着这项交易的后果。他意识到，他将失去灵魂。桥一旦在鸡鸣前架好，他可以穿过大桥在期限之内到达约加拉村，要求库拉卡履行诺言。恰斯卡一定在等着他，他们马上可以结婚。可是，到了那时，他的灵魂将不再

心理描写

写出了卡尔卡的矛盾心理，既想和心爱的人结婚，又不想失去灵魂。

读书笔记

属于自己，而是给了魔鬼。他将落入可怕的地狱，他和恰斯卡的幸福顷刻将化为乌有。想到这里，他出了一身冷汗。于是，他跪在地上，祈求圣·米格尔的保护。

桥就要架好了，桥身上只剩下一个空缺处，只需再填上一块石板就圆满结束了。魔鬼辛苦而自信地看准了一块石板，它正好可以填满那个窟窿。魔鬼移动石板，想把它搬过去。可是，他使尽了力气，石块纹丝不动。他换了一块，仍然搬不动。原来是天使坐在石板上。魔鬼接连换了好几块，没有一块能搬动，他累得死去活来，气喘吁吁。后来，魔鬼好不容易挪动了一块石板，把它推到了桥上。他正要把石板填在空缺处的时候，远处传来了鸡叫的声音。

字词释义

气喘吁（xū）吁：指人劳累到极点时的样子，或形容呼吸急促，大声喘气。

卡尔卡得救了。他既有了一座即将架好的桥，又保住了自己的灵魂。可是，魔鬼不愿意了。他辩解说，鸡是在远处叫的，而不是在此地。他查看了卡尔卡画的押。就在这时，天空突然发出了可怕的闪电和雷鸣，魔鬼像炸弹一样炸开了，一头栽进了地狱里。

场面描写

描写了婚礼现场的盛况，与下文恰斯卡伤心憔悴的样子形成了鲜明的对比。

这一天，约加拉村披上了节日的盛装。库拉卡在市长的压力下，准备在期限结束的这天给女儿办喜事。客人、好奇的人，几乎全村的人一清早就做好了准备，因为婚礼要在清晨弥撒时举行。新娘家里，人来人往，热闹非凡。一坛坛美酒，一盘盘菜肴，一件件嫁妆，琳琅

满目，喜气洋洋。

唯独恰斯卡伤心不已。她哭得眼睛红肿，面容憔悴，心中不止一次地呼喊着：卡尔卡，卡尔卡，你在哪里？你的恰斯卡就要被逼嫁给别人了，你为什么还不快点回来？父亲对她的悲哀不能理解，发了一通脾气，她才不得不让女仆给自己梳妆打扮。

送亲的队伍簇拥着新娘向寺庙走去。挽着父亲胳膊的恰斯卡一阵晕眩，感觉天昏地暗，靠着父亲臂膀力量的支持，她才没有倒下。她就要被嫁给一个她所不爱的男子，终生都将在不幸中度过。而新郎也不会幸福。因为他将看不到她的一丝微笑，得不到她一缕含情的目光，听不到她一句温存的话语。

心理描写

恰斯卡迫切地盼望着卡尔卡早点回来解救自己，一想到要嫁给不爱的人，她感到心如刀绞。

寺庙里，人如潮涌，他们自动围成一个圆圈将新郎新娘围在中心。主持婚礼的牧师叫新郎新娘站在两边，然后开始祷告。就在这个时候，人群猛然一阵骚动，响起了“卡尔卡回来了！”的欢呼声。手持库拉卡拐杖的卡尔卡在人们惊愕的目光中出现了。

恰斯卡一见，不顾一切地向他奔去。卡尔卡当众提出了自己的权利，库拉卡和市长都哑口无言。而新郎不知在什么时候，从混乱的人群中跑走了。主婚牧师只好承认了卡尔卡的婚约是合法的，并主持了他和美丽的恰斯卡的婚礼。

动作描写

表现了恰斯卡内心的狂喜。

昔日贫困的佃户，今日成了威严的库拉卡拐杖的主人；一对历经磨难的情人，结成美好眷属。这可多亏了那座魔鬼造的桥啊。

对比

“昔日贫困的佃户”与今日“威严的库拉卡拐杖的主人”形成了鲜明的对比，增强了故事的感染力。

今天，这座桥还横跨在约加拉村外的比尔科马约河上。椭圆形的桥拱高高耸起，桥基坐落在岩石上，桥洞像是被巨人之手拽拉而成，高耸奇崛，气势磅礴，威武壮观。唯独桥拱的中央缺少一块石头，留下了个大窟窿，令人惊奇不已。

知识拓展

对比是文学创作中常用的一种表现手法，指的是把对立的意思或事物，或把事物的两个方面放在一起进行比较，让读者在比较中分清好坏、辨别是非。运用这种手法，有利于充分显示事物的矛盾，突出被表现事物的本质特征，加强文章的艺术效果和感染力。

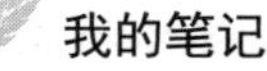

我的笔记

日积月累

辛辛苦苦　含情脉脉　顾盼神飞　摄人魂魄

望而却步　心心相印　不顾一切　傲气凌人

敬而远之　掌上明珠　美味佳肴　一无所有

一事无成　一厢情愿　纷至沓来　以泪洗面

风度翩翩　乐此不疲　心急如焚　如泣如诉

气喘吁吁　天昏地暗　哑口无言　气势磅礴

拓展训练

陡峭的（　　）　破烂的（　　）

秀美的（　　）　明亮的（　　）

讥讽的（　　）　泥泞的（　　）

昼夜不停地（　　）　连绵不断的（　　）

延伸思考

1. 卡尔卡与恰斯卡经历了哪些磨难？

2. 你最喜欢故事中的哪个人物？为什么？

马亚沃卡

?文前小问号

远古的时候，世界上生活着一对神通广大的超人兄弟——马亚沃卡和奥奇。为了拯救世界，带领人类过上和平幸福的生活，他们克服了哪些困难？

点评

远古的时候，世界上生活着超人兄弟和一对没有下半身的原始人夫妇。接下来，他们之间会发生什么有趣的故事呢？

远古的时候，有两个神通广大的超人，哥哥叫马亚沃卡，弟弟叫奥奇。这个时候，世界上还有一对原始人，他们长得和现在的人可不一样，男女都没有下半身，生活过得孤独而寂寞。

一天，奥奇出去冒险，久久未归。马亚沃卡不放心，便去寻找弟弟。他走到河边，见那个原始的男人正在河里捕鱼。随着一阵哗啦啦的水响声，这个原始男人逮住了一条美丽的加勒比鱼。鱼摆动着尾巴，拼命挣扎，被

摔到岸上。然后，原始男人拿起大棒朝鱼打去。

马亚沃卡大吃一惊，原来这条加勒比鱼正是他的弟弟奥奇变的，因为他想偷这个男人的金鱼钩。原始男人举起第二棒准备把鱼的头敲碎时，马亚沃卡变成了一只大鹏，往大棒上拉了一泡屎。

这时，加勒比鱼——他的弟弟奥奇趁机竭尽全力往大河中一跳，逃脱了。马亚沃卡又变成了一只蜂鸟，在原始男人抬头向天空张望寻找大鹏时，神不知鬼不觉地把原始男人的金鱼钩偷走了。

原始男人有一只神秘的篮子，篮子里能传出非常悦耳动听的鸟的歌声。原来，原始男人用他的智慧和力量捉住了太阳鸟，把它关在篮子里。从此，太阳就固定在天顶，放出耀眼的光明。因此，这个时候，世上没有白天，也没有黑夜。

马亚沃卡极想得到这只神秘的篮子。他变回了人的样子，把偷来的金鱼钩挂在耳朵上，然后走到原始男人面前，向他询问太阳鸟的价钱，因为他想买这只鸟。原始男人一见马亚沃卡的耳朵上挂着的那只金鱼钩，便气不打一处来。他断然拒绝了马亚沃卡的请求。

“怎么才能说服他，让他卖太阳鸟呢？”马亚沃卡脑子飞快地转动着。最后，他决定用最珍贵的东西来和他交换。

字词释义

大吃一惊：形容对发生的事感到十分意外。

点评

马亚沃卡要拿来交换太阳鸟的“最珍贵的东西”会是什么呢？

“喂，可怜的人。你的身子只有一半，没有腿，没有脚，也不能走路。要挪动地方，你只能像根木头似的在地上滚来滚去。如果你给我太阳鸟，我便给你一双腿和脚。这样你就可以用腿和脚来走路，那就方便多了，你要走多远就走多远，哪怕是全世界所有的地方都行。”

这个条件的诱惑力太大了。原始男人动摇了。因为他尝够了没有腿和脚的苦头。当他像木头似的在地上滚来滚去时，不仅又苦又累，遇上尖锐的石子和带刺的荆棘时，常常会被扎得鲜血淋漓，遍体鳞伤。因此，原始男人同意了这个交换条件，但他提出，必须让他的妻子也同样能得到腿和脚。

点评

通过具体描述“没有腿和脚的苦头”，生动地表现出马亚沃卡给的交换条件的诱惑力之大。

马亚沃卡同意了。原始男人叫来了他的妻子。马亚沃卡让他俩躺在河岸上，用泥土捏了他们的下半身，又用泥土替他们各自捏了一双腿和脚。然后，马亚沃卡说了一声：“起来！走吧！”

原始男人和女人爬了起来，发现已经有了腿和脚。他们小心地移动腿和脚，跨出了步子，接着又跨了一步。他们高兴极了，因为他们能走了。于是，他们又快一点地迈起步子。很快，他们便蹦蹦跳跳地跑起来了。从此以后，人就不仅可以走、跑，还有了繁衍后代的能力。

点评

从此以后，原始人夫妇不仅能行走，还有了繁衍后代的能力。正因为大量的人类出现，才有了以后的世界。

原始男人和女人把马亚沃卡领回家，把那只神秘而珍贵的篮子交给他。

“你要好好保管它、爱护它、照顾它。”原始男人谆谆叮嘱着，“特别是不能打开篮子。要是打开篮子，太阳鸟就会跑出来，你就再也逮不着它了。”

马亚沃卡接过篮子，珍惜地抚摸着。得到了一个心爱的宝贝，要天天照顾它，带着它，听到它欢乐地歌唱，却不能看到它，这的确是件很遗憾的事。但是，马亚沃卡决心遵照原始男人的话去做。

他手里托着那只神秘的篮子，告别了原始人夫妇，向森林中走去。太阳鸟展开歌喉，唱起了优美动人的歌曲，令马亚沃卡心醉神迷。走到河边的时候，他碰见了他的弟弟奥奇。奥奇正在用河水洗涤伤口。原始男人那一棒真不轻，差一点要了他的命。因此，加勒比鱼的头部至今后面还留有一道道黑色的条纹。

奥奇看见哥哥，便站了起来，跟着他一起向原始森林走去。他们一路走，一路欣赏着篮子里传出来的悦耳的歌声。黄昏时分，他们到达了密林深处，看见一棵结着累累果实的大树，这才感到肚子饿了。于是，他们停了下来，马亚沃卡叫奥奇上树摘些果子下来充饥。

奥奇刚爬了一截就拼命摇动树干，大声喊叫：“风太大了，我上不去，你比我强壮，还是你来吧。”说着，便爬了下来。原来，他心中另有盘算。

马亚沃卡把篮子交给奥奇，对他说：“好好保管，

字词释义

谆（zhūn）谆：形容恳切教导。

点评

奥奇自相矛盾的言行透着古怪，他到底想干什么呢？

读书笔记

点评

奥奇打开篮子放出了太阳鸟，美好的世界瞬间陷入灾难之中。

点评

具体地展现了处于灾难之中的世界的恐怖模样，侧面说明了奥奇闯下的是滔天大祸。

千万不要打开它。”说完，他就向树上爬去了。

奥奇早按捺不住心中的好奇。那只篮子太神秘了，它发出的声音太悦耳太诱人了，他要打开看个究竟。等哥哥爬上郁郁葱葱的树冠，开始摘果子的时候，他便动手去揭那篮子，哥哥的告诫他根本未听进去。

可是，他刚把篮子打开，歌声就突然中断。太阳鸟咯咯叫着从篮子里冲出来，朝天上飞去。叫声凄厉骇人。顷刻间，乌云密布，太阳消失了。整个宇宙突然暗了下来，黑得像墨一样。不一会儿，便下起了倾盆大雨。

大雨不停地下着，一直下了整整十二天，大地淹没在一片乌黑、肮脏、有毒的汪洋之中。那对原始人夫妇被陷落的土地吞没，压在大山之下。再也听不到林间小鸟的鸣叫，也听不到山林间野兽的咆哮，唯有无休止的雨声和狂风的呼号，还有奥奇悔恨喊叫的嗡嗡回音。奥奇蜷缩在水淹不到的山头上，痛苦地呻吟着、哀叫着，为自己不谨慎的行为闯下的弥天大祸忏悔不已。

但是，他的哥哥马亚沃卡已听不到他的忏悔声了。在天地骤变的一刹那，他变成了一只蝙蝠。黑暗遮住了他的眼睛，风雨敲打着他的躯体，他努力向上飞着，冲过密集的暴风雨，穿过层层乌云，终于飞到了天上。他在天上重新做了许多动物，主要是各种各样的鸟和猴子。

奥奇在山头上住下了，他用泥给自己做了一张床，为了填饱肚子，又做了各种各样的哺乳动物。

马亚沃卡决定找回太阳鸟，使天地重现光明。他把这任务交给了极乐鸟，极乐鸟立即展翅向天顶飞去。因为暴风雨之前，太阳一直固定在那里。它飞啊飞啊，终于到达天顶，可是太阳不见了。极乐鸟飞得很累，筋疲力尽。一阵狂风吹来，裹着它不知刮向何处。待到它从昏沉中醒过来，不由得吓了一跳：狂风已把它带到了地球的另一端。奇怪的是，这里竟然一片光明。它仔细一看，原来太阳跑到了这里，它像一个通红的大火球，挂在山峦的那一边，发出耀眼的光辉。

点评

极乐鸟奋力飞翔直到筋疲力尽，可见寻找太阳鸟是一件相当困难的事。

原来，太阳鸟从篮子里逃出之后，再也不愿过囚笼似的生活，就从原先天顶的固定位置逃到了地球的两端。白天，它从地球的这一边跑到地球的另一边；晚上，它跑到平坦的大地的另一面，人们便见不着它了。第二天，它又在地平线的另一端出现。它就这样跑来跑去，自由自在，非常快活。

点评

太阳鸟十分聪明，为了不再被人捉住，它每天东躲西藏，可还是被锲而不舍的极乐鸟发现了它的踪迹。

极乐鸟终于找到了太阳鸟。它高兴极了，悄悄地向太阳鸟飞去。为了防止太阳烫手，它扯下一团团棉絮般的白云把太阳鸟紧紧裹住，扔回了大地。一个白颜色的猴子早奉马亚沃卡之命在大地上等着，它接到了极乐鸟扔的圆球之后，把白云一片片撕开，然后把太阳鸟小心地装回了篮子。

太阳又高高地升到了天顶，发出了辉煌灿烂的光芒。黑暗消失了。就在这时，马亚沃卡在山头上遇到了他的弟弟奥奇。他在奥奇的头顶上飞来飞去，对他说："弟弟，太阳鸟已被捉住，太阳又出来了。"然后，他有些难过地对弟弟说，"可是，我们俩不可能再生活在一起了。今后，你将生活在东方，我将到地球西边的一端去。再见吧，弟弟，多保重。"说完，他便飞走了。

从此，这兄弟俩就再也没有在一起过，辽阔而苦难的大地把他们分隔开了。

很多很多年后，洪水退了。经过洪水洗劫的大地，呈现出一片荒芜凄凉的景象。马亚沃卡决心重新创建大地，他要把自己的设想带到大地上每一块苦难的地方。他一边走一边想着："这里缺乏树木，需要树木。"于是，在他走过的足迹后面立即出现了茂密的树林。他说："这里需要河流。"他走过后，泉水立即冒了出来，流成了一条滔滔不绝的大河。他又说："这里需要牲畜。"他走过后，地面上立即出现了各种各样的动物。后来，又出现了各种庄稼。大地上的一切便是这样按照马亚沃卡的设计重新生成。

最后，地面的一切都完成之后，他向吞没那对原始人夫妇的大山走去。他把大山一劈两半，待在大山里的

读书笔记

点评

灾难过后，马亚沃卡重新创建了大地，让世界变得更加多姿多彩。

点评

马亚沃卡先前给了原始人夫妇的"最珍贵的东西"，终于开花结果了。

人都跑出来了。这时，已不仅是两个原始人，他俩还繁衍了许许多多后代。许许多多的人跟着马亚沃卡，迎着太阳走到大地上。

马亚沃卡领着人们走过了漫长的一段路程。他教他们种植庄稼，放牧牛羊，用木薯、土豆和煮熟的水生块茎植物，酿成甘醇的奥吉酒。然后，他给人们规定一个欢庆节日。在和人们一起欢度了第一个节日后，他就驾起云彩，在云雾缭绕中升上天空去了。在他同人们告别的地方，至今还能看见他的大脚印。那时，地还未干，土是湿的。他飞上天后地就干了。他的脚印便被作为留给人们的最后纪念，永远保存下来了。

语言描写

马亚沃卡不但拯救了人类，还带领人类过上了美好幸福的新生活。

这就是第三个世界的创造过程。第一个世界早已被火焚毁了。第二个世界是因为奥奇不慎放走太阳鸟而被洪水冲毁的。但是，第三个世界不久也被狩猎部落的坏人乌卡拉和他的同伙毁灭了。他们捕尽了动物后，又把人当作野兽进行捕猎，然后吞食掉。

马亚沃卡得知乌卡拉的罪行后，他非常气愤，把乌卡拉变成了一只食蚁兽。他的弟弟奥奇又把这食蚁兽剁成碎块。他把碎肉抛向四处，这些碎肉变成了供人肉食的各种动物。看来，只有第四个世界才是和平幸福的世界。那时，人与人之间和善友爱，生活安宁、富裕。那就是马亚沃卡的世界。

点评

灾难过后，超人兄弟守护着世界，后来他们又消灭了破坏第三个世界的乌卡拉，迎来了第四个和平幸福的世界。超人兄弟是世界的守护神。

我的笔记

日积月累

神通广大　竭尽全力　悦耳动听　鲜血淋漓

遍体鳞伤　优美动人　心醉神迷　郁郁葱葱

凄厉骇人　倾盆大雨　弥天大祸　云雾缭绕

延伸思考

1. 为什么奥奇要打开装着太阳鸟的篮子？

2. 极乐鸟是怎么找到太阳鸟的？

3. 简述世界经历的破坏与重建的过程。

阿根廷神话故事

坦迪尔山活石的传说

文前小问号

在坦迪尔山最高峰的悬崖边上，立着一块不停地摆动着的巨石“活石”。传说在坦迪尔山下，埋着一只长着翅膀的美洲豹，它会摆动的巨石之间到底有什么关系？

位于南美洲南端的阿根廷，是一个充满神秘色彩的国度。从首都布宜诺斯艾利斯市向西南行大约三百公里，有一片连绵起伏的群山，叫作坦迪尔山。在坦迪尔山系最高峰的悬崖边上，立着一块上圆下尖、高约四米、直径约五米的巨石。巨石尖尖的底部支在山岩上，整个身体向悬崖方向倾斜着。更奇怪的是，巨石不停地摆动着。每分钟六十次，不多也不少，恰似一口大钟。当地人称

比喻

将每分钟有规律地摆动六十次的巨石比作“大钟”，形象易懂。

它为“活石”。

不论是飓风还是惊雷，都不能使它滚落，也丝毫不影响它有规律地摆动。它摆动了多少年？没人知道。它为什么不掉下来，而在那里摇摇欲坠？科学家也无法解释清楚。阿根廷的原住民印第安人说，这块巨石从开天辟地的时代起，就已经存在了……

那时，天和地刚刚诞生，天上住着太阳和月亮，地上却光秃秃的，没有人，没有动物，也没有山川湖泊。太阳和月亮日日夜夜照着这凄凉空寂的世界。

太阳和月亮是一对善良、慷慨的夫妻，他们身躯高大，性情温和，慈祥而又善良。

太阳是世界上全部热量和力量的主人。他向着大地伸出长长的手臂，从巨大的指缝间流出温暖而灿烂的光辉，把一切都照得暖洋洋的。他的手臂挥向哪里，哪里就充满了光明和温暖，阴暗和寒冷都被赶得远远的。他掌握着生与死的大权。

月亮则是智慧和幽静的主人。她长得白皙、秀媚、温柔、娴静，她主宰着和平与甜蜜，只要她从宽大馥郁的袖子里洒出清澈的光辉，一切就变得宁静、安详、愉快。

太阳和月亮从大地上走过。在他们的巨脚踏过的地方，长出了青草、鲜花和丛林。大地不再荒凉，犹如铺

读书笔记

比拟

把太阳和月亮描写成人类，更容易让人体会到太阳和月亮对生命的仁慈和关爱。

点评

太阳和月亮创造了绿草如茵、流水淙淙的美丽世界，但没有生灵的世界终归是寂寞的。这为下文各种生灵的出现埋下了伏笔。

上了一层美丽的绿毯，散发着清新芬芳的气息。

太阳和月亮轻轻地踏着脚步，走过开满鲜花的草原。他们坐下来休息，停下来舞蹈，然后回到天上去。在他们坐过的地方，出现了湖泊；他们的脚步踏过之处，涌出了清亮的泉水。

大地不再荒凉，可是依然寂寞。

太阳和月亮又向草原、森林和湖泊洒下生命的光辉。于是，水里有了鱼儿，草原上有了飞禽，森林里有了野兽。寂寥空旷的世界变得生气勃勃，繁荣热闹了。太阳和月亮照料、管理着它们，万物都按照统一的秩序生活着。

可是，太阳和月亮不能长久地留在地上生活，他们得回到天上去。那么，大地上的一切交给谁来管理呢？两位大神商量后，决定生一个儿子来代替他们做大地的主人。他们生下一个漂亮的儿子：棕黄色的皮肤，黑亮黑亮的头发和眼睛，洁白如玉的牙齿。他们给儿子取名叫“印第安人”。两位大神又照料儿子生下许许多多后代。印第安人越来越多，他们把大地上的事情管理得井井有条。太阳、月亮放了心，决定回天上去。

印第安人听说父亲和母亲要回天上去，都很难过。他们依依不舍地围在太阳和月亮周围，望着两位大神慈祥的笑脸，他们落下了惜别的眼泪。

点评

介绍了印第安人的由来。

字词释义

井井有条：形容说话办事有条有理。

语言描写

太阳和月亮即将离开，仍不忘耐心嘱咐他们的印第安人后代。

太阳和蔼地对他的后代们说：“孩子们，别伤心，我会每天把光和温暖送到你们身边，让生命和绿色永远延续下去。你们一定不要辜负父亲的期望，要当好大地的主人。”

月亮亲切地告诉她的儿女们：“你们不要害怕，我们在天上会注视着你们，保护着你们。太阳安歇时，也将是你们安歇的时刻，我会在黑夜里给你们送来银色的光，免得你们陷入黑暗而惊慌。孩子们，记住，我将在你们的床边，守护着你们歇息。”

说完这番话，太阳和月亮就渐渐升高了。他们升啊，升啊，飞上了遥远的天空。他们把光和热留给大地上的人们。因此，他们的后代印第安人并没有因父母亲的离去，而陷入寒冷和黑暗。他们每天白天仍然能看到父亲太阳金色的笑脸，感受到他巨大手指的抚摸；晚上，他们见到母亲月亮银色的脸庞，知道她就在床头伴自己安眠。印第安人仍然生活得愉快而安宁。他们崇拜、感谢自己的父母——太阳和月亮，向他们献上歌舞和祭品，为自己是日月天神的后代而自豪。

点评

印第安人也时刻没有忘记他们的父母——太阳和月亮。

日子一天天过去，有一天，印第安人突然发现太阳的脸变得苍白，金色的、温暖的光变凉了，变弱了，太阳似乎在发抖。出了什么事？！人们焦虑不安，聚集在山顶上，向天上望去。他们看到太阳脸上热汗涔涔，似乎

有什么事情正使太阳筋疲力尽、痛苦不堪。人们的目光在天空搜寻，啊！是它！是它使太阳痛苦、苍白的！这是一只巨大的、长着翅膀的美洲豹，正张开巨翅，追逐着太阳：它的利爪抓住太阳的臂膀，要把太阳扭住，摔下大地——它要毁灭太阳！

印第安人敲起了战鼓，“咚咚咚！”丛林里，最勇敢的猎人跑来了；田野上，最优秀的射手跑来了。人们举弓搭箭，一齐向残害太阳的恶魔发起进攻。“嗖！嗖！嗖！”箭似雨般射向凶猛的美洲豹，又被它挥舞着的利爪打落下来。没有人具有那么大的臂力，能射出穿透这美洲豹坚硬毛皮的利箭。它离人们太远了，箭头到达它的身边时，已经失去了穿透它那坚硬皮毛的力量。

一阵阵箭雨被美洲豹打落，而此刻，太阳越来越苍白，美洲豹越来越狂暴了。

众人焦急万分，只得再次擂响战鼓，召唤更多的勇士前来参战，保卫太阳。

一阵急促的马蹄声由远而近，骤然停止在战鼓旁。战鼓声戛然而止。只见一位身躯高大、膀阔腰圆的勇士翻身下马，拨开众人，走到前面来。他头戴一顶插满羽毛的印第安帽，腰系金色的草裙，挽一张奇大无比的硬弓，雄赳赳立在数千名射手组成的方阵前，像一尊黑铁塔。他眯起细长的眼睛，望望天上，用粗大的手指弹弹

读书笔记

点评

美洲豹不但爪子锋利，而且皮毛厚实，人们想要打败它救出太阳，非常困难。

点评

强壮的勇士这时候出现，给人类带来了希望。

比喻

把勇士比作铁塔，把勇士射出的箭比作电光，说明勇士十分强壮勇武。他一定能战胜邪恶的美洲豹。

字词释义

惊天动地：使天地惊动。形容某个事件的声势或意义极大。

弓弦，发出“嘣嘣”的巨响。然后，他从腰间的箭袋里，抽出一支特别长的金头竹箭搭上弓弦，伸展双臂，用力一拉，那弓便如满月般张开。勇士瞄准美洲豹，手猛地一松，那箭便如一道电光直蹿出去，径直射入美洲豹的腹部，箭头又从它的腰部钻了出来。

美洲豹疼得大吼一声，一阵抽搐，从天上掉下来，落到地上，砸出了深深的大坑。它没有被射中要害，还活着，躺在坑里发出惊天动地的、痛苦的哀嚎。它那愤怒的咆哮震撼着大地，在天地间激荡，淹没了印第安人欢乐的鼓声。印第安人停止了庆祝胜利的歌舞，静下来，站在远处望着豹子，不知该拿它怎么办。

太阳又露出笑脸，他的光芒又变成了金色的、暖洋洋的了。印第安人看到父亲平安无事，都高兴地笑了。他们又敲起鼓，跳起舞，尽情地享受阳光的温暖，欢庆战胜恶豹。他们把英雄射手围在中央，向他欢呼，给他最高的礼遇。

受伤的豹子看到这一切，发出了更愤恨、更狂烈的怒吼。

天黑下来，豹子还在哭嚎。月亮走出山谷，来到千家万户身边。她看到豹子四脚八叉卧在大坑里，背上露出箭头，不断在哀嚎，知道它很痛苦，不禁十分怜悯它。她想结束豹子的挣扎，让它尽快死去，免得这样活受罪，

就向它投掷石头。巨石一块一块落在豹子身上，填平了大坑，逐渐垒起一座山来，把豹子完全掩埋住了。这就是坦迪尔山。

> **点评**
> 原来坦迪尔山是月亮向美洲豹投掷石头堆积而成。

月亮扔着巨石，可豹子继续挣扎，箭头还在山头上闪耀。月亮向着它扔下最后一块巨石，想把箭头盖住，却正巧扎在箭头上，被钉在上面了，这就是那著名的活石。

豹子被压在大山下面，却没有死去。从巨石的缝隙里，它能看见细碎的阳光出现、消失。每当太阳步入中天，向大地送去金光时，细碎的阳光便会洒在它的身上。它就会暴怒得发抖，喘息着，企图猛扑上去。可是，沉重的大山压着它，它再也出不来了，只能拼命扭动身躯，发泄它的愤恨。它一动，那钉在箭头上的石头便来回摆动，活石就这样形成了。

> **点评**
> 活石就是这样形成的。

几千年过去了。1912 年 2 月 29 日傍晚，太阳的最后一缕光线消失在坦迪尔山背后的时候，那巨石突然滚落下来，结束了它千万年来的活石生涯。科学家们无法解释它滚落的原因，可印第安人说，那负伤的、暴怒的豹子终于结束了它的痛苦，死去了。

我的笔记

日积月累

连绵起伏　摇摇欲坠　开天辟地　清新芬芳

洁白如玉　生气勃勃　井井有条　依依不舍

膀阔腰圆　惊天动地　千家万户

1. 坦迪尔山和活石是怎么来的？

2. 太阳的最后一缕光线消失在坦迪尔山背后的时候，那巨石突然滚落下来。你认为活石滚落的原因是什么？

湖神传说

文前小问号

在瓦皮湖畔，两个年轻人经历种种磨难后终成眷属。是谁将他们化成一对美丽的水鸟，使得他们得以避开尘世，幸福地生活在光明和洁净的世界里的?

在远古年代，神秘的巴塔冈尼亚地区住着泰乌尔切和波亚斯两个部落。它们都盘踞在这个地区，每个部落各有一部分人在瓦皮湖畔定居。

波亚斯部落的酋长有个女儿，名叫梅丹。她长得漂亮，品行又好。她父亲把她许给了本部落的一个叫科扬的小伙子，他的勇敢、坚强和果断是远近都闻名的。

可是，泰乌尔切部落的两个年轻人也都想娶这个漂亮的印第安姑娘。他们百般献殷勤，一味追求这个

点评

多了两个殷勤的竞争者，使得梅丹和科扬的结合横生波折。

姑娘。

湖上经常举行庆祝活动。每逢这时节，年轻人都要到湖边来。梅丹很想参加这些水上庆祝活动。尽管她心里非常想去，但她不能迈出家门，因为她害怕遇上未婚夫的两位竞争者。这位酋长的女儿只好待在家里，盘算着还有多少日子要成婚。

点评

“不达目的誓不罢休”，这两个小伙子究竟想做什么呢？

泰乌尔切部落的两个小伙子决心很大，不达目的誓不罢休。他俩商量了一下，决定去问巫婆，谁该娶酋长的女儿。巫婆是个印第安妇人，她的魔法十分灵验。

点评

巫婆那与声音截然不同的苍老外表和奇异的住所，都给人留下深刻的印象。她的魔法真的十分灵验吗？

巫婆的个子又矮又小。听她的声音还以为她是个少女呢，其实她是个老太婆。她住在一间勉强能直起腰的小茅屋里。两个小伙子没法一起走进这奇异的地方，只好轮流去见巫婆，说出各自的要求。

老巫婆觉得很难决定这两个竞争者究竟谁该娶那个姑娘，便对他俩分别说了同样的话。她说：“你游泳游得很好，去听听湖神的意见吧。只有他知道这事的结局。去吧，到湖神那儿去碰碰运气吧！他会告诉你结果的。”

巫婆要求这两位年轻人照她的意见去办。她要他们去唤醒沉睡的湖神。

两个小伙子带着巫婆的嘱咐又上路了。他们彼此谈了巫婆对自己的嘱咐。年长的小伙子说：“既然我们俩追

求的是同一个姑娘，湖神怎能使我们俩都满意呢？”

年轻的小伙子想了想，喃喃地说：“听巫婆的话不会错。何况眼下又没有别的人愿意帮我们的忙。”

于是，两个印第安人分开了。

巫婆连夜赶到一个老巫师的家，然后拿着老巫师给她的一瓶药跑到酋长家里去。她要酋长让女儿喝下这瓶药，说只要喝下它，就会消除恐惧，恢复体力。

梅丹喝下药就睡熟了，巫婆趁着黑夜把昏迷不醒的她运到了瓦皮湖上。

正逢庆典活动，瓦皮湖在烈日照射下，呈现出千万条火蛇，只见一条独木船在湖上漂游，梅丹就躺在独木船上。

岸上，梅丹的两个追求者眼巴巴地看着那条带走美丽姑娘的独木船。沿岸也站着一大群人，他们听到巫婆和巫师的召唤都跑来了。那条独木船很快就要听从妖灵的摆布，宣布谁将成为梅丹的丈夫。两个泰乌尔切小伙子虽然离得很远，但他们都远远望着那条独木船和船上的酋长女儿。

可怜的未婚夫科扬此时也来到了湖边，他刚刚得知发生的事情，但为时已晚。

他忧伤地目送着载着梅丹的独木船。独木船被一阵阵狂风吹送着，水面上却没有一丝波涛。这时候，姑娘

读书笔记

点评

巫婆用诡计骗梅丹喝下迷药，然后把她运到了瓦皮湖上。她究竟想做什么？

点评

看到未婚妻梅丹的独木船任由妖灵摆布，科扬十分着急，却又无可奈何。

从昏睡中醒了过来，她惊恐不安地看向观望的人群，他们都在那里大声呼喊。

这时，经常在瓦皮湖出没的妖灵把美丽的姑娘向岸边的一名追求者推去。

科扬绝望了，立刻跳入湖中，拼尽力气向独木船游去。

比喻

把任风暴“吹得直打转”的独木船比作“浪尖上的一个陀螺”，既生动形象，又突出了情势的危急。

突然，浪飞涛涌，湖水翻滚。姑娘无力抗拒风暴的袭击，任风暴将独木船吹得直打转，它好像成了浪尖上的一个陀螺。猛地，一股巨浪朝湖岸扑去，卷走了一些观望的人。

点评

此刻幸亏湖神醒来，他帮助科扬将梅丹救走。

原来，巫婆的恶行惊醒了瓦皮湖真正的主宰——湖神，湖神为有人打扰他感到十分生气。他命令湖水涌上湖岸，将湖岸冲了个缺口，梅丹乘的那条独木船便从这个缺口中漂走了。

独木船一漂走，湖水便恢复了原来的模样。在湖神的努力下，湖水又变得清澈透明了。从惊涛骇浪里逃生的印第安人，看到这一奇迹，都异口同声地喊：“利玛伊！利玛伊！”

大家一再重复这句圣洁的话，表达他们的喜悦心情。“利玛伊”印第安语的意思是“清澈的水”，是纯洁、欢乐和希望的象征。

然而，对科扬和梅丹这对年轻人来说，眼下的一切

还没有结束。清澈的水在向前奔流，它淹没了大地，也让独木船上的美丽姑娘摆脱了巫婆设下的圈套。

科扬不停地往前游，一心想抓住姑娘乘坐的那只独木船。他终于如愿以偿。他爬上独木船时，累得上气不接下气。清澈的水继续向前流淌，汇进了另一条被人称为科龙库拉的河流里。

湖神对酋长的女儿梅丹和她的未婚夫说："我王国里的人都想见见你们这两张幸福的脸。"

梅丹小心翼翼地站起来听湖神说话。

湖神接着说："今后，你们将会有纯洁的灵魂和仁爱的心，再也不会干坏事，再也不和地上的人在一起生活了。"

瞬间，梅丹和她的未婚夫全身披上了白色的羽毛，变成了两只水鸟。他们为了逃避人类的恶行，躲到湖面上去了。

这以后，波亚斯部落的印第安人说，每当黄昏时分，总有一对水鸟栖息在瓦皮湖畔。那是科扬和梅丹归来感谢湖神，因为是湖神使他们生活在光明和洁净的世界里。

点评

人们都向往纯洁、欢乐和希望，巫婆的诡计终究不会得逞。

语言描写

他们纯洁的爱情打动了湖神，湖神赐给他们翅膀。从此，他们摆脱了尘世，飞向了光明、洁净的天空。

我的笔记

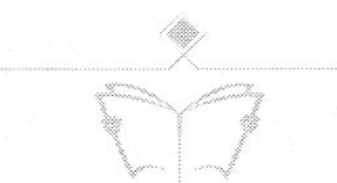

日积月累

誓不罢休　为时已晚　惊恐不安　浪飞涛涌

清澈透明　惊涛骇浪　异口同声　历历在目

如愿以偿　小心翼翼

延伸思考

1. 为了娶到酋长的女儿梅丹，来自泰乌尔切部落的两个求婚者想出了什么办法？

2. 庆典活动上，梅丹是怎么出现在瓦皮湖上的？

红色星星

文前小问号

奇纳拉昂为了早日当上部落酋长，在一个老妇人的帮助下，害死了当酋长的父亲卡尔班冈。虽然如愿当上了酋长，但他从此陷入了无尽的折磨与痛苦之中。这到底是为什么？

在月色明亮的夜晚，星星在巴塔冈尼亚上空闪烁，把它那奇异的光芒洒向大地。对这个地区的印第安人来说，这颗星星不是别的什么东西，而是他们酋长的眼睛。千百年来，那双眼睛一直注视着这方土地，因为他儿子的灵魂也在这里。

点评

开篇设置了悬念，引人入胜。

故事发生在很久很久以前。有一位名叫卡尔班冈的老酋长，领导着一个繁荣的部落。尽管他年纪大，由于

心理描写

部落酋长卡尔班冈深受人们的爱戴，他的儿子奇纳拉昂却希望他早点死去。

病痛行动困难，他还是很快乐地活着。这位老人的儿子奇纳拉昂却感到日子很难熬，因为他希望老人早日去世。可是，卡尔班冈总也不死。奇纳拉昂急于想谋取酋长称号，便决定杀掉自己的父亲。

尽管病魔缠身，但卡尔班冈依然头脑清晰，始终没有受骗上当。奇纳拉昂老是在心里盘算着怎样暗算老人。可是，部落里的人随时都在照看着他们爱戴的首领。由于害怕他们报仇，这个坏小子决定离开他们一段时间。

他一直朝前走，不知道该去哪儿。最后，他来到一条大河边。那里耸立着一块大石头。

石头上有许多洞穴，其中一个洞里住着个老妇人，她的脸色像石头，手指像树枝。

点评

“哆嗦”一词体现出老妇人的话对奇纳拉昂的冲击之大，因为他一直迫切地希望父亲早点死去。

这个老妇人对奇纳拉昂说：“我知道你想让自己的父亲死去，你好当酋长。但你永远也当不上，因为你父亲永远不会死！”

奇纳拉昂听到这些话，开始哆嗦起来，说道：“你为什么对我说这事？所有的人都免不了一死……你想叫我相信什么呢？”

这个脸如石色的老妇人又说：“你别指望弄明白啦！不过，我看你好像太苦恼了，我愿意帮助你。”

奇纳拉昂低下头，小声说：“我不能再等下去了，要是让光阴虚度而无所作为的话，我将会死在父亲的

前面！”

老妇人递给他一根粗大的黑树根，对他说：“把这个泡在鹦鹉的粪便和芦荟汁里，然后把它搅拌均匀，放进你父亲的食物里！”

奇纳拉昂接过树根，就回部落去了。他按照老妇人的话去做，做好一盘菜，把毒药掺了进去，然后让卡尔班冈吃了下去。

第二天，酋长病得很厉害。部落里的人都伤心极了，所有的人都在想方设法让他们爱戴的酋长恢复健康。

点评

虽然儿子希望酋长早点死去，部落里的人却希望他们爱戴的酋长恢复健康。

然而，所有的照料都不见效。部落里最聪明的人建议用据说是最有效的良药。他颇有自信地说：“让我们爱戴的卡尔班冈笑吧，快乐会使他驱除病魔。”

这种绝妙的治疗方法虽在他们的一位祖先身上创造过奇迹，可眼下仍无疗效。凶恶的病魔不让垂危的病人得到欢乐。卡尔班冈终于被红色的天神带走了。那红色天神老是使活着的人感到无休止的恐怖。

整个部落都在为卡尔班冈哭泣。随后，奇纳拉昂继承他父亲的职位，当上了酋长。

可是，新酋长每晚老是做梦。要是奇纳拉昂在梦中不把他过去干的事大声讲出来的话，这事本来也不会有人知晓。这样一来，部落里的人都知道事情的真相，新酋长不得不承认自己的罪行。

点评

“若要人不知，除非己莫为。”奇纳拉昂心里有鬼，事情的真相是掩盖不住的。

部落里的人不愿要一个谋害自己父亲的首领，奇纳拉昂为了逃避追捕，躲进了深山。他过去懒惰成性，成天东游西荡。给他毒药的老妇人对他说过的那些话现在一直使他不得安宁。

点评

奇纳拉昂最终为自己的恶行付出了代价。

不论白昼还是黑夜，他都呆呆地凝视着天空。他觉得太阳和星星都在监视着自己。他明白老酋长并没有死，而是变成了星星在诅咒他。

直到今天，印第安人还在谈论自己爱戴的卡尔班冈，他就住在一颗闪闪的红星星上，他从那里开始追逐奇纳拉昂。奇纳拉昂则沿着大河奔跑，他跟在那个脸如石色的老妇人后面，向她要解药，想使他死去的父亲复活。

我的笔记

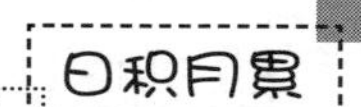

病魔缠身　头脑清晰　想方设法　东游西荡

1. 奇纳拉昂为什么一心想要害死自己的父亲？

2. 这篇故事告诉了我们什么道理？

巴拿马神话故事

太阳之神

文前小问号

太阳神在大海中创造了陆地，让大儿子做土地之神，又让二儿子做海洋之神去照看大海，别让大海祸害土地。然而，二儿子玩忽职守。最后，太阳神只好让谁去陆地拯救人类？

在久远的世界初创时期，世上的一切都还十分原始。那时，只有天，没有地，大海像一匹横冲直撞的野马，满世界乱逛。众神之父、太阳神奥瓦从水底捞出沙石，铺成坚硬的大地，让大地承起万物；又在月圆时砍了千年古藤，做成千万条拴住大海的带子，不许它再乱冲乱跑。

比喻 把原始的大海比作“横冲直撞”“满世界乱逛”的野马，形象地写出了肆虐的大海对大地的危害。

干完这一切之后，奥瓦看着平坦的大地，蔚蓝色且平静的大海，满意地说："嗯，地有了，大海也安静了，我该休息休息了。"他命令自己的大儿子，"你去做土地之神，让你的后代在大地上定居，他们的名字叫作'印第安人'，靠耕种和渔猎为主。"他转向二儿子说，"去做海洋之神，你的后代要生活在水里。你要留神系好大海的带子，别让海水跑到陆地上去。"

点评

太阳神奥瓦让自己的大儿子做了土地之神，让自己的二儿子做了海洋之神，把三儿子留在了身边。一切看起来都安排得井井有条。

两个儿子领命而去，奥瓦把最年幼的三儿子奥洛几图尔留下，在天界过起悠闲的日子。

大儿子的后代在大地上耕种渔猎，他们种庄稼、猎野兽、盖起房屋、筑起宫殿，生活得很幸福。二儿子在大海里繁衍了许多鱼、虾和贝类，供人们捕捉；他还经常运送人们从这个地方到那个地方，人们十分感激他。

动作描写

"跑"和"奔腾咆哮"形象地写出了大海强大的破坏力。

可是，二儿子是个粗心大意的家伙，他常常忘记照看系住大海的带子。海水冲啊，荡啊，带子慢慢被挣松了、挣脱了，时不时就会掀起滔天巨浪，跑到平原上奔腾咆哮。人们辛辛苦苦建设起来的一切，转眼之间都被卷入大海，无影无踪了。许多人也会被卷入大海，又成了鱼虾口中的美味。

几天之后，海洋之神想起要照看系住大海的带子时，风浪才会平息下来。这时，海水才像被一位大力神重重地甩回大海似的，乖乖地安静下来。

由于奥瓦的二儿子实在是太粗心、太贪玩了，故而

海水冲上陆地的事情时有发生。人们恐惧至极，想不出制止海水泛滥的办法，只好祈求天父奥瓦拯救他们。他们长跪在地，向上天发出悲哀的祈祷。

天宫里的奥瓦听到了人们的祈求，十分生气。他把二儿子叫回天上，严厉地惩罚了他。他命令二儿子要忠于职守，绝不允许海水再出现在大地上。二儿子唯唯诺诺地答应着，回大海去了。果然，大海和大地安宁了许多日子。

可是，海洋之神的马虎大意真是不可救药。他倒是小心多了，照看了东边，却忘记了西边；照看了南边，却忘记了北边。海水还会时不时地冲上陆地，人们的苦难还是没有消除。人们又在向他们的天父奥瓦哭诉了，请求奥瓦拯救他们。奥瓦明白，必须有神去帮助人类挡住海水才行。

奥瓦决定让小儿子奥洛几图尔去完成这项工作。他叫来奥洛几图尔，对他说："你的两个哥哥都下凡去了，也尽力按照我的旨意行事。现在，大地上需要一位神祇去拯救人类，我希望你也像你的哥哥一样，到人间去做你应该做的事情。"

奥洛几图尔在天上生活得很舒适，不愿到人世间去拯救什么人类。他满脸不高兴，问父亲："我到人世间去干什么呢？"

读书笔记

点评

海洋之神马虎大意的性格不可救药，使得海水时不时地冲上大地。这为接下来的故事发展做了铺垫。

点评

可以看出三儿子奥洛几图尔是个懒惰的人，他怎么可能把父亲交代的事情做好呢？

奥瓦向他讲述了大地上发生的事情和人类的祈求，告诉他说："你要做的事，仅仅是让大地的边缘变得高耸，挡住海水的威胁而已。"

"好吧！"奥洛几图尔答应了，心里却还是不清楚该怎样使大地的边缘高耸。把它的边缘卷起来吗？怎样卷呢？

第二天早晨，他起床之后，就想起了父亲交给他的任务，心情立刻变得不愉快了。可是，他透过粉红色的朝霞向下界张望的时候，不禁又笑起来了："父亲真是多虑。海那样温柔，那么平静，对人类会有什么威胁呢？一定是二哥把拴住大海的带子重新系牢了。地上的人们真是太胆小了，况且，光秃秃的大地实在乏味。我没有必要匆匆忙忙下凡去，明天再说吧！"他打了个哈欠，伸伸懒腰，又躺下了。

点评

奥洛几图尔的拖延症十分严重，事情被他一拖再拖。

第二天、第三天，天气晴朗，大海平静。好几天过去了，什么灾难也没发生，奥洛几图尔也一直待在天上。他已经完全放了心，到后来，连看都懒得看下界一眼了。他对自己说："我是在寻找一个合适的办法。找到了，我自然立即下到人间去的。"

语言描写

太阳神奥瓦对小儿子的懈怠十分不满。

就这样，奥洛几图尔天天拖延，直到有一天，他被父亲叫到面前："为什么大地还像从前一样平坦？为什么大海的吼叫仍然使人们恐惧万分？你为什么留在这里迟

迟不去下界？"

奥洛几图尔立在父亲面前，内疚使他抬不起头来，父亲怒气冲冲，他的心怦怦乱跳。

他说："请息怒，父亲大人。求您原谅我辜负了您的器重和期望。可是，我确实一直记着您的吩咐，在寻找制服大海和帮助人类的最好办法。只是，至今还没有找到。"

听他这样说，奥瓦的怒气平息了。他嘱咐儿子尽快想出办法，到下界去阻挡海水，便离开了。

奥洛几图尔来到人间，降落在海边黑色的大礁石上。他发现，大海并不像他在天上望见的那么平静、那样温柔。它简直是一个龇牙咧嘴的猛兽，不断地向海岸跃动，总想挣脱系住它的带子，肆虐一番。

奥洛几图尔在岸边来来回回踱步，不知道该怎样阻止海水扑上大地。他想啊，想啊，想得头有些疼起来了，终于想出了一个聪明的主意："在大海边竖起一些比海浪还高的大石头，堆成高大的山脉，海水不就上不来了吗？"

奥洛几图尔笑了起来，毕竟自己比人类聪明得多。

可是，竖巨石、堆大山是件很费气力的活儿。奥洛几图尔一想到要在烈日下运巨石，要汗流浃背，要受海风的戏弄……就发起愁来。唉！他实在是讨厌这些海啊，

点评

父亲的训斥，使得奥洛几图尔心跳加速，感到愧疚，说明他还是知道错误，知道该怎么做的，但是他真的太懒了。

心理描写

奥洛几图尔的懒毛病又犯了，面对困难，他又开始打退堂鼓了。

陆地啊，人类的安危啊，种种令人烦恼的事儿。天上的生活多么美好啊！他虽然才离开那里一小会儿，却觉得已经离开很久了。突然，他强烈地怀念起天界的生活。于是，他立刻忘记了自己到大地上来的目的是什么，怀着迫不及待的心情，飞回天上去了。

点评
看到大海“很祥和、美好”，奥洛几图尔再一次推迟了自己的工作。

第二天，奥洛几图尔想起该做的事情，想起父亲的怒气，一阵不安涌过心头。他决定到人界去造大山了——惹父亲发怒可不是好玩儿的。他恋恋不舍地、深深地望了自己的宫殿一眼，来到云端，准备下降。可是，大海多么平静啊！从遥远的天上望下去，看不见岸边腾起的浪峰，听不到大海发出的威胁的咆哮，一切似乎都很祥和、美好。

奥洛几图尔又笑了：“我可以过些日子再下去，现在急什么呢？休息几天，攒攒力气，再下去不迟。”

点评
展现了奥洛几图尔好逸恶劳的性格。

他想象着烈日下堆大山的辛苦，觉得很不舒服，赶紧回宫殿休息去了。

又是几天过去了，奥洛几图尔在天上过得很愉快、很舒适，他几乎忘记了堆大山的事。

奥瓦有点儿不放心，想看看儿子的工作进展得如何，就再次向下界望去。他发现大地仍然是平平坦坦的，大海则发出越来越可怕的咆哮。他明白了，他最疼爱的小儿子并没有去做他应该做的事情，他还滞留在天界

偷懒。

奥瓦十分生气，叫来奥洛几图尔，厉声责备他，问他为什么至今还不到人间去。

“我下去过。”奥洛几图尔垂着头，恭恭敬敬地站在父亲面前，向父亲解释他在大地上堆山脉的设想。当然，他没有说自己的懒惰，更没有说出因此而产生的烦恼。奥瓦听着儿子巧妙的辩解，渐渐消了气，又一次原谅了他。

点评

懒惰的奥洛几图尔巧言善辩，哄骗得父亲又一次原谅了他。

“你必须在必要的地方造出山脉！”他命令奥洛几图尔，“听着，一定要快，系住海的带子已经松弛了，海神却在遥远的大洋里嬉戏。要阻止一次更大的灾难，只有靠你了！”

奥瓦停了停，望着羞愧的儿子，语重心长地说：“你已经长成大人，不再是孩子了。记住，要尽你的一切力量去帮助人类。去吧，孩子。”

语言描写

奥瓦是个宽容慈爱的父亲。

父亲起身离去了。奥洛几图尔责怪自己的疏忽和懒惰，发誓一定要完成造山的业绩。他决定第二天一早就到下界去。

第二天又是个晴朗的艳阳天，粉红色的朝霞、雪白的流云围绕着天宫，像在奥洛几图尔的窗外垂下一层层美丽的轻纱，映得宫殿金碧辉煌。奥洛几图尔太熟悉这美丽的景色了。他叹了一口气，俯在窗前，向下界望

去——那么，首先从哪儿运岩石、堆大山呢？

语言描写

“喜出望外”过后，奥洛几图尔再次犯了懒。

这一望，不禁令他喜出望外：大海多平静啊，像是沉睡在甜美的梦里，大地上看不到人类的影子，他们离大海远着呢！天上不但没有预示风暴的乌云，连白云也不见，只是偶尔飘过几缕轻柔的云丝。“啊！太好了！”奥洛几图尔又一次笑起来，“看样子，堆大山的事并不像父亲说的那样急切。过几天再说吧，等乌云聚集了，大海动荡了，我自然会赶快去堆山的，到时候我会尽力的！”

这样想着，奥洛几图尔又回到他的宫里休息去了。

奥瓦还是不放心。几天之后，他拨开云层向下界张望，看到大海动荡得越来越厉害了。清澈蔚蓝的海水此刻变成深不可测的暗蓝色，一排排大浪无声地推挤着，层层叠叠扑向大地——暴风雨和海啸就要来到了！可是，奥洛几图尔造的大山在哪儿？大地平坦得如同一块展开的绿毯，毫无遮拦地呈现在将要吞没一切的大海面前。人们的祈求声夹杂着恐惧的哭声，隐隐约约传到天上来，人类预感到了近在眼前的灭顶之灾。

点评

奥洛几图尔的懒惰给别人带来了灾难，也让自己受到了惩罚。

奥瓦焦急又愤怒。他把儿子叫来，一言未发，用力抓起他，往大地上摔去。云层被撕裂了，地面被砸开了，奥洛几图尔被摔到深深的地壳底下。大地又在他头顶合拢，他被禁闭在永久的黑暗中。

奥洛几图尔还不知道发生了什么事情，也不知道这个漆黑一片且令人窒息的地方是个什么所在。黑暗和孤寂包围着他，他站起来，想去寻找阳光，还想着到地面上去筑大山。可是，背上为什么这么沉重？他走了几步，不得不坐下来休息，喘几口粗气。

此刻，天界的幸福似乎变成了遥远而美丽的梦幻，他深深地怀念他曾经鄙夷、极不愿去的陆地。毕竟，那里有明媚的阳光、新鲜的空气和各种生气勃勃的声音啊！他强烈地渴望回大地上去，发誓再也不懒惰、再也不拖延了，他要赶快造起大山，做一个对世界、对人类有益的、勤勉的神。

心理描写

此时的奥洛几图尔终于开始反思，但已经追悔莫及了。

奥洛几图尔站起来，又开始寻找阳光和空气。沉重的大地压得他东摇西晃，脚步不稳，他艰难地走着。走几步，就得停下来休息一阵子，然后继续走。

此时，大海喧嚣得越来越厉害了。终于，它挣脱了所有系住它的带子，掀起滔天巨浪，怒吼着扑上岸来。人们惊恐地退避，绝望地看着大浪吞噬着大地，发出惊天动地的哀号。

正在这时，脚下的大地忽然颤抖起来。巨大的震动和沉闷骇人的声响，几乎使他们昏死过去。人们挤在一处，等待着死神的来临。

震动和轰响之后，人们惊奇地看到：在靠近大海的

点评

奥洛几图尔终于完成了造山的任务。

地方，大地高高地隆起来了，出现了一座高耸的大山；之后，又出现了一座高山。这里、那里的大山连在一起，形成了山脉。惊奇使人们忘记了恐惧，狂奔上山顶，去看究竟在发生着什么事情。更令人类吃惊的事情出现在他们面前：

疯狂得如同脱缰野马似的海浪，狂吼着扑向大山，恶狠狠地想要吞掉它们；可是，大山没有退却，没有奔逃，海浪把自己摔上岩石，又被狠狠地弹了回去，重新落在大海里。海水喘息着、怒骂着，却无法越过高山，去吞没这片大地了。

高山代替了系住大海的带子，逼着海浪服服帖帖地留在它应该停留的地方。人类得救了。

几千年过去了，奥洛几图尔还在大地深处行走，仍在寻找着充满阳光、空气和生气勃勃的声音的世界。他行走时，大地就会颤抖起来，这就是地震；他感到疲惫，猛地叹一口气，吐出胸中的郁闷时，人们就会在某座大山的顶部，看到有火焰喷涌出来，那就是火山爆发。

点评

高山代替了系住大海的带子，人类得救了。

点评

只有勤勉踏实，做对世界、对人类有益的事，才能拥有幸福的生活。

我的笔记

日积月累

横冲直撞　粗心大意　滔天巨浪　无影无踪
唯唯诺诺　不可救药　怒气冲冲　怦怦乱跳
龇牙咧嘴　汗流浃背　恋恋不舍　语重心长

喜出望外　深不可测　服服帖帖

拓展训练

横冲直撞的（　　）　粗心大意的（　　）

龇牙咧嘴的（　　）　迫不及待的（　　）

清澈蔚蓝的（　　）　生气勃勃的（　　）

明媚的（　　）　新鲜的（　　）

高耸的（　　）

延伸思考

1．太阳神对三个儿子是如何分工的？

2．奥洛几图尔因为什么受到了惩罚，受到了怎样的惩罚？

星星公主

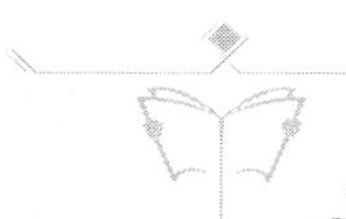

文前小问号

从前，有一个青年，因为每天晚上都有人来偷家里种的土豆，他便遵照父母的意思去地里抓小偷。结果，他逮住了什么？

点评

偷土豆的小偷会是什么样的人呢？

从前，有一对夫妇，他们有一个儿子。老头在离家很远的地方种了土豆。因为是优良品种，所以土豆个头很大，惹人喜爱。可是，每天晚上都有小偷来刨土豆，还尽挑大个儿的偷。这时，父母把年轻的儿子叫来，对他说："有像你这么大的儿子在家，我们的土豆还被人偷了，这说得过去吗？去！你睡到地里去，把小偷抓来。"

儿子无可奈何，只好下地看土豆去了。

第一个晚上，他一直没睡，睁大眼睛，看着土豆。

只是到快天亮的时候，他被睡神征服，倒下睡着了。这时，小偷到地里，刨走了土豆。醒来后看到这种情况，青年吓得要命，赶紧回家，战战兢兢地向父母报告了情况。

点评

青年这次没能抓住小偷。

父母听了后，对他说："这次，我们原谅你。回去吧！好好地看着。"

第二夜，青年又回到了地里。他睁大眼睛监视着土豆地，稍有风吹草动，他都要跳起来去察看一番。到了半夜，他闭了一会儿眼睛。就在这个时候，小偷又来偷走了土豆。他醒来以后，一无所知，仍警觉地监视着土豆地。等到天亮后，他去地里察看，才发现土豆又被偷了。

父母知道了这件事，立即大骂起来："啊？你这贪睡的家伙！连土豆都看不住，要你有什么用？"

他们把儿子揍了一顿，大骂了一场。最后，他们威胁道："现在明白了吧，要是不好好看着土豆，有你的好果子吃。"

他不得不又回到了地里，坐在地埂上一动不动，目不转睛地监视着。那天夜晚，月光皎洁，光线照亮了土豆地的每一个角落。他看着看着，眼睛发酸，不一会儿就打起盹来了。

动作描写

"一动不动""目不转睛"，可见青年想要抓住小偷的决心。

就在他即将进入梦乡的一刹那，一群非常美丽的女孩子从天上降到了土豆地里。她们身着银白色的羽衣，面容如花似月，金发在月光下闪闪发光。原来她们是天上的星星，化装成漂亮的公主，下凡来刨土豆的。

这时，青年猛然醒来，看到这种情景，不由得惊呼起来："啊呀！我怎么才能抓住这些小偷呢？这些美丽的仙女怎么会干偷东西的下贱事呢？"

于是，他向着美丽的女贼们猛地扑过去。费了九牛二虎之力，才抓住了其中的一个。其余的都升到了天上，像点点星火一样消逝了。

他怒气冲冲地对姑娘说："原来，到我父亲地里偷东西的是你们啊？"说着，把姑娘拖进了茅屋。这时，他不再谈"偷"不"偷"的事了，心儿被激荡得要蹦出来，他羞怯地对姑娘说："你留下来做我的妻子吧！"

姑娘不答应，恳求说："你放了我吧！你发发慈悲吧！你不放我走的话，我的姐妹们会告诉我父母的。我可以把偷的土豆全还给你。你不要强迫我留在地上。"

青年不理睬姑娘的央求，紧紧地把她拉住，决定同姑娘在茅屋里住下来。

这时，他的父母正在家等儿子，以为土豆又被人偷了，他害怕挨打，不敢回家。母亲决定到地边去给他送饭，顺便也看看情况。

青年和姑娘从茅屋向外望去，看见母亲沿着大道

点评

原来每天晚上到青年家里偷土豆的小偷，是天上的星星。

字词释义

九牛二虎之力：比喻很大的力气。常用于很费力才做成一件事的场合。

读书笔记

朝茅屋走来。姑娘对青年说："你绝不能让你的父母看见我。"

于是，青年马上迎上去接母亲。他老远喊道："妈妈，你别走近，到屋后等我。"

他在屋后接过了饭菜，就进屋去了。母亲觉得奇怪，便趴在后墙向屋里看去，见儿子正将饭送给仙女吃呢。她立即转身，一溜烟跑回家，喜滋滋地对老头子说："我们的儿子抓住了一个偷土豆的女贼，是从天上下来的。他把姑娘安顿在茅屋里，还说要同她结婚。他不让任何人接近茅屋。"

语言描写

看到儿子娶到这么好的妻子，母亲的高兴溢于言表。

老头子听后也很高兴。老两口就又回到土豆地，将儿子叫出屋，要他将仙女领回家。儿子开始不愿意，但父母的命令他不得不执行，只好同意了。

夜晚，他领着姑娘回家了。老两口看见仙女金光闪闪，貌美非凡，都赞叹不已。他们殷勤地照顾她，可就是不让她离开家门一步。因此，村里人谁也没有看见过这个姑娘。

仙女和青年一家一起居住了很长时间。后来，她怀了孕，生了孩子。可是，不知什么原因，孩子一生下来就死了。

点评

这或许可以说明，他们注定是无缘的。为后文的故事发展做了铺垫。

仙女那一身金光闪闪的衣服也被收藏起来了。那家人给她换了一身凡人的衣服。

字词释义

远走高飞：比喻人跑到很远的地方去。泛指摆脱困境去寻找出路。

点评

青年很爱他的妻子。

一天，青年远离家乡去干活。乘他不在的时候，姑娘独自走出门外，好像是在附近散步似的。可是，她一到外面，就朝天上飞去了。

青年回到家里后，发现自己的妻子不在，便四处寻找，可是总找不着她。知道她已真正地远走高飞时，他痛苦地捂起脸大哭起来。

从此，他像疯了似的哭泣，在山间小路上到处游荡，神情恍惚，身不由己。

一天，他在一座孤独的山峰上遇见了一只神鹰。神鹰问他：“小伙子，你为什么哭得这么伤心啊？”

青年向他讲述了自己的经历，说：“先生，我有一个美丽的妻子，她是从天上来到人间的，现在失踪了，恐怕她回到天上去了。”

“小伙子，别哭了！她的确已经回到了天上。你是多么不幸啊！假若你愿意，我带你上天上去找她。只是，你得为我准备两只驼马。一只，我现在就吃了它，另一只留在半路上吃。”

“好！我给你找两只驼马来，你就在这里等我吧！”

他马上回家去找驼马。到家后，他对父母说：“爸爸、妈妈，我要去找妻子了。我遇到了一个能带我去她那里的朋友。它只向我索取两只驼马。我现在就牵它们走了。”

他给神鹰带去了两只驼马。神鹰用嘴撕着驼马肉，很快就吞吃了一只，连骨头都不剩。然后，又同青年一起把另一只杀了，留在路上吃。

神鹰叫青年把驼马肉背上，踩在石头上，爬到了它的背上。起飞前，它告诫青年说：“你把眼睛紧紧闭上，不管怎样也不要睁开。我说一句‘给肉’，你就把肉放在我嘴里。”说完，神鹰就向天空飞去。

青年遵照神鹰的指示，紧闭着眼睛。神鹰一要肉吃，他就往它嘴里塞一块。可是，在旅途最艰苦的时候，驼马肉吃完了。神鹰在起飞前曾经告诫过他说：“我要肉的时候，要是你不把肉送到我嘴里，那么，不管飞到哪里，我就会马上把你扔掉的。”

青年又怕又急，只好割自己腿上的肉喂神鹰。它一要肉吃，他就割下一块肉给它。就这样，青年用自己的血和肉使神鹰把他带到了天上。

到达目的地后，神鹰稍微休息了一会儿，然后又背起青年，飞到一个浩瀚的大海的海边。它对青年说：“亲爱的朋友，你在大海里洗个澡吧！”

青年和神鹰都洗了海水澡。他们到达天上的时候，青年全身污秽，满脸胡子，显得苍老憔悴。可是，洗完澡后，他立即变得英俊潇洒、青春焕发。

这时，神鹰对他说：“在海的对岸，有一座雄伟壮

读书笔记

点评

为了能找到妻子，青年简直是不顾一切了。

外貌描写

寻找妻子的旅途是多么艰辛啊，青年都变得苍老了。

语言描写

神鹰给了青年指示。

丽的庙宇，那里是举行庆典的地方。你到那里去，等在庙宇的门口。天上的仙女都是要参加庆典的。她们人数很多，长得同你妻子一模一样。她们列队从你面前经过的时候，你不要同她们讲话，因为你的妻子是最后一个。她会推你一把，那时，你就拽住她，无论如何也不要松手。”

听了神鹰的指示，青年到了庙宇的门口，站在那里等候。过了一会儿，一群长得一模一样的姑娘鱼贯而入，她们冷漠地看了他一眼。青年无法识别出谁是他的妻子。姑娘们一个挨着一个走进了庙宇。突然，最后一个姑娘用胳膊推了他一下，随后也走了进去。

这座辉煌灿烂的寺庙是太阳、月亮宫。他们是星星的父母。天上的诸神常在寺庙聚会。天上的群星每天都要到那里去朝拜太阳。无数个公主为太阳齐声合唱。

庆典一结束，姑娘们就开始离开寺庙。这时，青年还在门口等候着。出来的时候，姑娘们仍然冷漠地看着他，而他还是无法辨认出她们当中谁是他的妻子。

动作描写

青年历经千辛万苦，终于找到自己的妻子了。

突然，一个姑娘像起初一样用胳膊推了他一下，随后就企图脱身而走。可是，青年已紧紧地抓住了她，死也不松手。这样，姑娘不得不把他带到了自己的家里，对他说：“你到这里来干吗？”

这时，青年已经饿得浑身无力。姑娘看到这种状

况，就说："把这些豆子拿去煮了。"说着，给了他一把豆子。

姑娘对他说："我要到我父母那里去一趟。你不能被他们看见。我回来之前，你就用这些豆子煮一碗汤喝了吧！"

她一走，青年就将豆子放在锅里煮。很快 豆子就煮好了。青年狼吞虎咽地吃了个饱，然后，把剩下的埋了起来。可是不一会儿，埋在地下的豆子就萌芽出土了。

他就这样隐居在姑娘家里，美丽的公主给他捎回食物。他同妻子生活了一年。刚满一年，公主就不再给他捎回食物了。一天，她要外出，对青年说："你该走了。"

从此，她便不再回家了，她又抛弃了青年。

青年满脸泪水，又回到了海边。他一到那里，就看见远方出现了神鹰的影子。青年追上了神鹰。他发现神鹰变得衰老了，神鹰也看见他变得老态龙钟。一见面，他们都不由自主地喊道："你怎么了？"

青年讲述了自己的经历，凄然地说："我多么不幸啊！妻子抛弃了我，她一去不复返了。"

神鹰十分同情他的命运，说道："可怜的朋友，她怎么能这样呢？"神鹰走到他的身旁，温柔地用翅膀抚

读书笔记

点评

青年和妻子再次分离了。

字词释义

老态龙钟：形容年老体衰，行动不灵便。

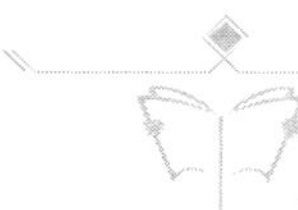

摸他。

青年像初次相识时那样恳求神鹰说："先生！你带我回到地上去吧！到我父母的家去。"

神鹰回答说："好！我带你回去。可是，咱们先到海里洗个澡。"

他们洗过澡后，又变得年轻了。

从海水里出来的时候，神鹰对他说："我再驮你回去，你还得给我两只驼马。"

"先生，我一到家就给你。"

神鹰接受了。它把青年驮在翅膀上，起飞了。他们飞了一年，才回到地面。青年履行了诺言，给了神鹰两只驼马。

青年走进家里，看见双亲已经变得十分衰老。他们满面愁容，看到青年归来，不由得老泪纵横。青年对父母说："爸爸、妈妈，现在我已经不可能爱上别的姑娘了，不可能遇到像我妻子那样的女人了。我将孤独地生活，一直到死。"

老人回答说："孩子，你愿意怎样，就怎样吧！假若你不想再成婚，那么，我们来照顾你。"

就这样，青年忍受着巨大的痛苦生活下去。他永远地怀念着妻子，一直到死。

字词释义

老泪纵横：老人泪流满面。形容极度悲伤或激动。

点评

痴情的青年孤独终老，到死也没有再见到自己的妻子。

我的笔记

日积月累

无可奈何　战战兢兢　风吹草动　一无所知

金光闪闪　远走高飞　鱼贯而入　身不由己

雄伟壮丽　老态龙钟　满面愁容　老泪纵横

延伸思考

1. 青年是第几次抓住偷土豆的小偷的？小偷长得什么样？

2. 青年是在谁的帮助下找到妻子的？

古巴神话故事

无头舞会

文前小问号

动物们深受魔鬼一家的摧残，火鸡献计举办“无头者舞会”，打算除掉魔鬼一家。结果，两个老魔鬼因为对音乐着迷，急于参加舞会而接连中计，丢了性命。小魔鬼为什么没有上当？

很久很久以前，森林里住着魔鬼一家：老魔鬼、老魔鬼的妻子母魔鬼和儿子小魔鬼。他们到处作恶，一天也不让动物们安宁。

有一天，所有的动物都集合到一起，商量对策，看怎么才能杀死魔鬼一家。大家七嘴八舌，出了很多主意，但没有一条合适。最后，有几只火鸡拍拍翅膀，要求发言，说它们想出了一个消灭魔鬼的绝好办法。但这条绝

点评

火鸡想出的消灭魔鬼的绝好办法会奏效吗？

读书笔记

点评

聪明的火鸡既是策划者又是执行者。

场面描写

无头者舞会看起来既热闹又新奇。

好的妙计，火鸡们只是作为秘密告诉了兽中之王雄狮一个人：举行一次无头者舞会。

其他的动物都很相信火鸡。于是，它们在树林中找了一块空地，动手布置起来。它们首先请来了最优秀的乐队：有鼓手、打击乐师、吉他手、风琴手等。一句话，所有能伴奏的乐手都请来了。然后，它们又建造了一个舞场，在空地四周埋上了一圈木桩，然后用脚踏实。舞场建造得非常漂亮。接着，大大小小的飞鸟又到各处去通知开舞会的消息。

这时，火鸡的头领从自己的同类中选拔了五十对火鸡，要求它们在跳舞的时候都把头藏在翅膀里。首领还为大家做了示范动作，表演了各种舞姿。接着，火鸡们跳起了无头舞。

到了傍晚，森林的空地上燃起了篝火，舞会正式开始了。鼓乐齐鸣，一对对火鸡翩翩起舞，它们都把头藏在翅膀里，看上去就跟没脑袋一样！

老魔鬼这天跟妻子母魔鬼吵了一架，天刚黑就躺下休息了。突然，他听到从远处传来悠扬的音乐声。他起身下床，想去看看到底发生了什么事，人们为什么如此高兴。他来到林中空地一看，四周灯火通明，鼓乐喧天，一对对火鸡还飞旋起舞着。

老魔鬼把爪子搭在舞场入口处的篱笆上，问看门的：

“怎么这么热闹？”

“是在举行无头者舞会。”看门的粗声粗气地回答说。

老魔鬼是十分喜爱音乐的。

“能不能让我也在这美妙的乐曲伴奏下跳跳舞？”老魔鬼问。

“当然可以。只是您不能带着脑袋去跳舞。”看门的说。

“怎么能不带脑袋呢？”老魔鬼满腹狐疑，生怕中了什么圈套。

“这有什么奇怪的。所有在那里跳舞的动物都没有脑袋。难道您听不出它们唱的歌词？”

老魔鬼竖起耳朵仔细听起来，果然，歌中唱道：

舞场只准无头者舞，有头者不准入场舞。

老魔鬼大惑不解，那以后怎么才能把脑袋再安装上去呢？看门人猜透了老魔鬼的心思，忙解释说，有树脂就可以把脑袋安装回原来的地方。此刻，舞场上鼓乐轰鸣，歌声嘹亮。老魔鬼再也按捺不住，同意了。

看门人把他领进舞场，让他把头放到一个树墩上，一斧头砍掉了老魔鬼的脑袋。火鸡们一拥而上，抬起老

字词释义

粗声粗气：形容说话时粗鲁、声音很大，或者蛮横，没好气。

点评

老魔鬼中计了。

魔鬼的死尸，扔进了山涧里。就这样，火鸡们杀死了老魔鬼。

舞会继续进行。火鸡们又把头藏进翅膀里，跳起舞来。音乐一直没有停，响彻森林的各个角落。老魔鬼的妻子母魔鬼也听见了，跑过来，想看看为什么如此热闹。母魔鬼把爪子搭在篱笆上听了一会儿，音乐真是美妙动听！

点评

母魔鬼也被吸引过来了。

“这里怎么这样热闹？”母魔鬼问。

“在举行无头者舞会。”看门人回答说。

母魔鬼又听了一会儿，双腿不由自主地舞动起来——音乐太动人了。这时，马林巴木琴、手鼓和种种大小乐器声响成一片。

母魔鬼再也无法克制自己，不禁问道：“能让我进去跳个舞吗？”

“怎么不能？”看门人回答说，“只是先得把您的脑袋弄下来。难道您没听见它们唱的歌吗？”

母魔鬼仔细听了听，果然，歌中唱道：

舞场只准无头者舞，有头者不准入场舞。

母魔鬼感到很惊奇，看门人忙向母魔鬼解释说，砍掉的头还可以用树脂粘上。这时，像是有意安排好似的，

点评

母魔鬼将信将疑。

舞场上响起了定音鼓声——母魔鬼最喜欢听这种乐声！母魔鬼把心一横，走进了舞场，把脑袋放在了木墩上。眨眼的工夫，母魔鬼变成了无头鬼。就这样，火鸡们又杀死了母魔鬼。

点评

母魔鬼也被消灭了。

这时，小魔鬼正在树林里玩贝壳。他听见乐声，也跑来看热闹。站在舞场外面，他看见一只只火鸡在里面跳舞，都没有脑袋，心中很纳闷儿，便走到看门人跟前问："那里干什么呢？"

"在举行无头者舞会。"看门人说。

"音乐真好听！我可以进去跳一会儿吗？"

"完全可以。只是你得先把头砍下来。"看门人说。

"砍头？"小魔鬼反问了一句。

"一点不错……"

小魔鬼睁大眼睛看了看跳舞的火鸡——真是一种奇异的舞蹈！而音乐又是那样富有刺激性，使人坐立不安。但是，小魔鬼对看门人说："我有生以来还从没见过无头者跳舞。尽管我非常想进去跳跳，但我还是舍不得脑袋……"

语言描写

尽管很感兴趣，但小魔鬼还是抵抗住了诱惑。他舍不得自己的脑袋。

"你仔细听听，歌里是怎么唱的。"看门人说。

小魔鬼听起来：

舞场只准无头者舞，有头者不准入场舞。

“怎么，必须把我的头砍掉？”

“是的，先生。这是规定。长着脑袋不得入内。”看门人说。

于是，小魔鬼又说：“想砍我的头，休想，世界上任何东西也换不走我的脑袋！”

语言描写　小魔鬼没有中计。

因此，世间的魔鬼没有完全灭绝。但是，我们还是应该感谢火鸡，因为魔鬼毕竟比以前少了。

我的笔记

日积月累

七嘴八舌　鼓乐齐鸣　翩翩起舞　灯火通明

鼓乐喧天　粗声粗气　满腹狐疑　大惑不解

延伸思考

1. 火鸡想出的“消灭魔鬼的绝好办法”是什么？

2. 老魔鬼、母魔鬼和小魔鬼都中计了吗？为什么？

捉弄魔鬼

文前小问号

得知魔鬼杀死了两个仆人，又要招新的仆人，比扎隆想要去见识一下魔鬼的厉害。于是，他到魔鬼家当了仆人。强壮机智的比扎隆和魔鬼斗智斗勇，最后结局如何?

比扎隆是一个身材强壮又不安分的人，他东游西逛地到处找活儿干，无论什么地方都去。

有一天，他听说魔鬼家需要一个仆人，但人们警告他说：

“当心，别上那儿去！”因为有两个仆人已经被魔鬼杀了，那儿实在是个很危险的地方。

比扎隆却说：“魔鬼我可不怕，我得去见识见识。”

语言描写　比扎隆是一个有勇有谋的人，胆识过人。

读书笔记

他很快来到魔鬼家的大门口并敲响了门。开门的正是魔鬼本人。

“你是不是需要一个强壮的人来替你干活？”

“这里有足够的工作，可以给六个强壮的人来干。你还能再找五个人来吗？先请进吧。”

魔鬼把他带到一间屋子里，指了指床说：“今天你可以休息，明天开始干活吧。”

比扎隆伸开四肢躺在床上，不久他就打起了呼噜，声音响得很远都能听见。

第二天早晨，魔鬼派他去挑水。

比扎隆却说：“给我一把铁铲和一把鹤嘴锄。”

魔鬼二话没说，就把这两样东西给了他。

比扎隆一直来到河边，他开始挖一条沟，从河边一直挖到魔鬼的家。他干起活来真的能抵得上六个人……至少抵得上三个人。

快到中午时，魔鬼来看看比扎隆挑了多少水。“我要的是水，不是一条沟。你能解释一下吗？”

“我正在掘一条通向你家的运河，从今以后就不需要再挑水了，水会自己流到你家门前的。”

语言描写
比扎隆不但强壮勇敢，还十分聪明。

魔鬼想，这个人确实很有力量，因为他挖的这条沟已经有一把干草叉那么深了，而且这个人还能思考！但这都是魔鬼不喜欢的，他闷闷不乐地回家去了。

心理描写
比扎隆的能干令魔鬼十分忌惮。

过了几天，魔鬼又吩咐比扎隆去弄一大车木柴来。比扎隆要求说："给我一根很长很长的绳子。"

魔鬼把绳子给了他。

比扎隆扛着一大捆绳子上山去了。他将绳子的一头拴在一棵树上，然后绕着整个树林走了一圈。这根绳子确实很长很长，因为他走了很长时间，鞋跟磨得只剩下一张纸那么薄了，而绳子还没有放完。最后，他终于将绳子的两头系在了一起。

点评

比扎隆想做什么呢？

快到中午时，魔鬼也上山来了，他发现比扎隆用那根绳子将整个树林圈了起来，就像是用一根绞索套住了巨人的脖子。

他当然很想知道这是怎么回事，便问道："你这是要干什么啊？"

比扎隆回答说："我要把这片树林全部背回你家去。"

"简直就是个野蛮人！"魔鬼想。他命令比扎隆赶快回家，他不要这片树林，因为他家的后院里，根本放不下这么多的木柴。

心理描写

聪明能干的比扎隆在魔鬼看来是个野蛮人。

过了一段时间，海滩上要举行一次摔跤比赛，那里搭起了帐篷，围上了铁栏杆。魔鬼想，我倒要看看这个健壮的家伙，是不是一个很棒的摔跤手，他的肌肉这么发达，说不定还能取得冠军。于是，魔鬼就带着比扎隆

读书笔记

心理描写

“有公牛般的体力和狐狸般的头脑”的比扎隆可不是魔鬼想要的仆人。魔鬼开始打坏主意了。

点评

亲切的语气、恶毒的做法，体现了魔鬼的笑里藏刀的本性。

来到了海滩。

海滩上，每一个摔跤手都在练习，只有比扎隆除外。他只是晒晒太阳或打个盹。

比赛很快就开始了。不一会儿，比扎隆该上场了。

他对裁判们大声喊道：“让海上的船全都离开，不然我会让它沉到海底去的！”

裁判们无法按他的要求去办，因此就不让他参加比赛。这使所有的人都感到失望，人们原来都想见识见识比扎隆强大无比的气力。这也使魔鬼更为不安了，他想，这个人有公牛般的体力和狐狸般的头脑，真是可怕极了，我一定要摆脱这个人。

回家后，魔鬼用一种很亲切的语调对比扎隆说，他自己晚上很想睡在那座巨大的化铁炉的炉栅上，如果比扎隆能睡在炉栅底下陪他，他将会很高兴。

“我很愿意。”比扎隆一口答应了。于是，魔鬼拿了两块巨大的岩石，他想在半夜里用岩石砸死比扎隆。

夜幕降临了，他们来到那座像山一样高的化铁炉跟前。魔鬼躺在炉子中间的炉栅上，比扎隆躺在炉膛的最底层。但是，比扎隆已经注意到魔鬼的外套鼓得很高，非常可疑。于是，他利用漆黑的夜幕，将自己的床悄悄搬到了炉底的一个角落里，然后就静静地等待着。

半夜时分，比扎隆听到石头滚落下来的隆隆声，他

便大声喊道："啊，有只大蚊子叮了我一口！"

魔鬼想，这两块大岩石一定击中了他，可是他只感觉被蚊子咬了一口。魔鬼很是恐惧，连骨头都颤抖起来。

> **心理描写**
> 聪明的比扎隆把魔鬼吓得肝胆俱裂。

魔鬼想到炉底去看个究竟。这时，比扎隆已经把床移回炉底中央，然后他就靠在床上等着魔鬼。

魔鬼来到炉底，只见比扎隆身上完好无损，连一根汗毛都没伤着。而床的四周全是摔得粉碎的石块。

比扎隆用一种惊奇的语气说："我还以为是一只蚊子呢，没想到竟是那么多石头。它们怎么会到这儿来的呢？"

这会儿，魔鬼被吓得牙齿咯咯地打起架来了。他用发抖的声音说："伙计，我要给你一头驮满银子的驴，只要你能马上离开这里——你最好到一个很远很远的地方去，最好是到月亮上去。"

> **夸张**
> 体现出魔鬼是多么害怕比扎隆，希望永远也不要再见到他。

比扎隆答应了魔鬼的请求，为什么不呢？他牵着驴子，魔鬼往驴子身上的褡裢里装银子，直到它们鼓得像两大袋土豆那样为止。"它们都装满了，现在你走吧，伙计。"

比扎隆走了。等他走了没多久，魔鬼的妻子对魔鬼说："那个家伙欺骗了你。他并不像你说的那么可怕。"然后，她又一个劲地嘲笑魔鬼。魔鬼被激怒，他跨上马

> **语言描写**
> 魔鬼有一个狡猾的妻子。

想去追回驴和银子。

比扎隆听见了远处传来的马蹄声，他迅速地将驴子藏进了一片甘蔗地。然后，他又回到大路中间躺了下来，并举着双腿，脚心朝着天空。魔鬼跳下马来，惊讶地问："你这是怎么啦？"

动作描写

比扎隆这次又想出什么计谋来对付魔鬼呢？

"啊，没事，没事。只是那头该死的驴子走得太慢，我踢了它一脚，没想到把它一脚踢到云端上去了。"

魔鬼被吓得牙齿又咯咯地响了起来，但他仍疑惑不解地问："可是为什么你要把两条腿抬得那么高呢？"

"我可不想让驴子摔死，等一会儿它掉下来的时候，我可以用脚托住它。"这下，魔鬼不光牙齿打架，他全身都哆嗦起来了。他往回逃的速度比追来的时候还要快。

点评

事实证明，邪恶的魔鬼最终会被聪明勇敢的比扎隆打败。

他的妻子问："追上了没有？"

"追上了！我根本用不着去追，他正等在那里！他把驴子一脚踢到天上去了。假如我敢向他要钱，说不定他也会把我踢上天去。但魔鬼怎么能到天上去呢？能把他打发走就很不错了！"

我的笔记

日积月累

东游西逛　闷闷不乐　巨大无比　完好无损

拓展训练

亲切的（　　）　　漆黑的（　　）

惊奇的（　　）　　很长很长的（　　）

很远很远的（　　）

延伸思考

1. 从哪里可以看出比扎隆有公牛般的体力和狐狸般的头脑？

2. 魔鬼要回钱财了吗？为什么？

魔鬼和龟

?文前小问号

魔鬼种的香蕉被乌龟偷吃了，魔鬼逮到乌龟，惩罚它的方式竟然是把乌龟沉入河底。乌龟假装很害怕，其实心里高兴坏了。最后，聪明的乌龟是如何脱险的？

点评

这个每天夜里来偷香蕉，还把香蕉树的叶子“扯得七零八落”的小偷究竟会是谁呢？

有一个魔鬼种了一片香蕉林，他对这片香蕉林照料得十分精心。可是有一天，香蕉被人偷了。此后，每天早晨魔鬼来察看香蕉林时，都能发现被扯得七零八落的香蕉树的叶子。

这天深夜，魔鬼悄悄来到香蕉林，突然，他听到有香蕉从树上掉下来的响声。他循声走近一看，居然是一只乌龟趴在树上。

魔鬼对乌龟说："好啊，我就给你点厉害尝尝，小偷！我昨天就在这儿等过你，可惜没能抓住你。"

"噢，是你啊，请原谅我吧。"乌龟恳求魔鬼说。

"你休想！我现在就让你偿还一切。"

"啊，别动手！难道你想打死我？"

"不，我不想打死你，打死你那太便宜你了！"

"那我倒要听听，你想把我怎样？"

"我现在就干给你看，偷香蕉的贼！坏蛋！"

魔鬼摘下一大串熟透了的香蕉，在上面覆盖上一些棕榈树的叶子。

乌龟看了看，又问："你想干什么？……最好的办法是把我烧死……"

"不，我就不烧你，我要把你沉入河底，活活淹死你。你比瘟疫还坏，我现在就把你沉入河底淹死……"

"啊，可别淹死我，可别这样，还是把我烧死吧，就是别淹死我……"

不远处有一座小桥，河水从下面淌过。河水很深。魔鬼抓起乌龟一边朝河边走，一边反复说着："我就是要把你淹死。就在这里，亲爱的，把你淹死。"

魔鬼把准备好的那串香蕉挂在乌龟的脖子上，说："我把香蕉挂在你的身上，让你一沉到底。"

乌龟挣扎并大声呼喊起来。

读书笔记

语言描写

乌龟的激将法让气得失去理智的魔鬼忘记了一个常识：乌龟是不怕水的。

字词释义

淌（tǎng）：迅速流动。

“去你的吧，强盗！”说着，魔鬼将乌龟连同那一大串香蕉扔进了河里。

乌龟沉入了河里。可是只过了几分钟，香蕉又浮出了水面，乌龟悠然自得地趴在上面，一边吃着香蕉一边唱着歌。

点评

从“悠然自得”“一边吃着香蕉一边唱着歌”，可以看出乌龟成功脱险后的得意之情。

魔鬼见了简直气疯了，在桥上来回奔跑，想再抓住乌龟。他哪里能想到：小河就是乌龟的家。

就这样，魔鬼没能惩罚到乌龟。要知道，乌龟比魔鬼更机智。

我的笔记

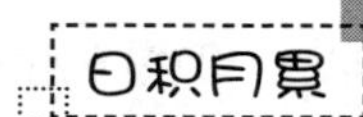

日积月累

七零八落　一沉到底　悠然自得

延伸思考

1. 乌龟是如何脱险的？

2. 为什么说“小河就是乌龟的家”？

墨西哥神话故事读后感

河北省燕郊实验小学 五（10）班 殷睿哲

前一段时间我阅读了《世界经典神话与传说》这本书，其中的墨西哥神话故事《日月诞生》给我留下了深刻的印象。

话说在世界诞生但没有太阳的日子里，人们一直生活在黑暗中，非常不方便。众神开始商量由谁给世界带来光明。德库西德卡尔自告奋勇担下这一重任，众神都很赞同。德库西德卡尔又提出给他找一个助手，众神却迟迟决定不下来。最后他们决定派一个不起眼的小人物纳纳渥瓦辛去帮助德库西德卡尔，纳纳渥瓦辛之前从不受人重视，这次他很高兴地接下了这个任务。

德库西德卡尔和纳纳渥瓦辛开始工作。他们在山顶上点燃熊熊篝火，设立了两个祭坛。德库西德卡尔准备了很多珍贵的祭品，纳纳渥瓦辛没有这样的东西，只好供奉了一些亲手砍来的甘蔗等普通物品。祭祀仪式进行了四个夜晚，最后一天，众神都来参加祈祷。他们送给德库西德卡尔一件羽毛长袍，却只给了纳纳渥瓦辛一件纸做的长袍。

祈祷完毕后，到了献身的时刻。众神开始催促德库西德卡尔和纳纳渥瓦辛投身烈火。德库西德卡尔连续冲了四次，都没敢投身火中，只好暂停等待。纳纳渥瓦辛却毫不犹豫，一下子就跳进了烈火中，他全身都燃烧起来，一股青烟直冲上天。纳纳渥瓦辛鼓舞了德库西德卡尔，他也勇敢地跳入了火中。据说山鹰和老虎随后也投入火中，所以印第安人就把最勇敢的人称作“山鹰”和“老虎”。

纳纳渥瓦辛和德库西德卡尔消失在火中。众神开始等待。

渐渐地，天空开始变红了，黎明要到来了。不一会儿，纳纳渥瓦辛变成的太阳从东方冉冉升起。紧接着德库西德卡尔变成的月亮也升起来了。太阳和月亮同时出现在天空中。光线刺激得众神睁不开眼睛，天气也热得不行。一个神抓起一只兔子扔向月亮，月亮的光线就减弱了，并且留下了伤疤。后来众神又一起献身，变成了风，一点一点把太阳和月亮吹到各自的轨道，轮流在天空出现，这才有了白昼和夜晚。

这就是墨西哥神话中太阳和月亮诞生的故事。是不是很有意思呀？众神的献身精神非常让我感动，让我想到了中国神话故事里的盘古和夸父。他们也是为了一个坚定的目标献出了自己。这种伟大的精神很值得我们学习。

印第安神话中的人的诞生

张家口市宣化区阁西街小学 四（2）班 马玥彤

我们中国神话中有女娲造人的传说，充满了神奇的想象。美洲印第安神话中也有关于人的诞生的传说，却别有一番风味。

很久以前，天空忽然响起了非常响亮的雷声，吓得动物们四处躲藏。然后一声炸雷把天撕开了一个口子，有鲜血从口子里渗出来，凝聚在一起，就是后来的红色云霞。

第二天，凝结的血壳脱落了，一块一块掉在地上，和泥土混在一起，变成了一种其他动物从没见过的样子很奇怪的动物。后来这种动物开始用双腿走路，慢慢地就变成了人。

这些人为了躲避猛兽的伤害，就躲进了山洞里。天亮后他们从山洞里出来，看到天上一个红红的圆圆的东西，很高兴，其实这就是太阳。他们又是唱又是跳，庆祝自己的诞生。他们对周围的一切都很好奇，都觉得好玩。这时候他们还不知道睡觉，四处和温和的小动物一起玩耍。他们也不知道饿，听到自己的肚子咕咕叫，才想起来要找东西吃。但是吃什么呢？他们四下里观察，看到小鸟啄食树上长着的黄绿色的椭圆的果子，他们也去摘了吃。后来他们又学会了找其他的果子。后来他们还学会了睡觉，累了就躺下来休息。但是他们不知道睡觉要闭眼睛，一位女神帮他们合上眼皮，之后他们就学会了。

后来这些人开始学习各种本领，比如用水洗澡，比如制造弓箭，他们还学会了用火，然后就可以吃到烤熟的食物了。后来他们又学会了组成部落和耕种，这样就可以发展壮大了。

这个故事是不是很神奇？我觉得这个故事充满了奇幻的想象，把人类的诞生过程讲得又生动又有趣，与我们的女娲造人的神话故事相映成趣。我想，不同的民族大概都有自己的诞生故事吧，以后我要多找一些这样的故事来读，这样可以开阔眼界，增加自己对世界的了解。我觉得做一个神话故事“收集家”也是不错的一种经历呢。